ARCO

Nostalgias canibais

ARCO

Nostalgias canibais
Odorico Leal

© Odorico Leal, 2024
© Editora Âyiné, 2024
Todos os direitos reservados

Preparação
Giovani T. Kurz

Revisão
Livia Azevedo Lima
Andrea Stahel

Projeto gráfico
Federico Barbon Studio

Produção gráfica
Daniella Domingues

ISBN 978-65-5998-141-0

Editora Âyiné

Direção editorial
Pedro Fonseca

Coordenação editorial
Sofia Mariutti

Coordenação de comunicação
Clara Dias

Conselho editorial
Simone Cristoforetti
Zuane Fabbris
Lucas Mendes

Praça Carlos Chagas, 49 — 2° andar
30170-140 Belo Horizonte — MG
+55 31 3291-4164
www.ayine.com.br
info@ayine.com.br

Odorico Leal
Nostalgias canibais

Âyiné

Sumário

9   Paraíso canibal
41   Os gatos
49   História da feiura
77   A febre dioneia
87   O jardineiro

105   Agradecimentos

Paraíso canibal

*Para cá, para cá; para a cidade é que haveis de olhar. Cuidais
que só os Tapuias se comem uns aos outros? Muito maior
açougue é o de cá, muito mais se comem os Brancos. Vedes
vós todo aquele bulir, vedes todo aquele andar, vedes aquele
concorrer às praças e cruzar as ruas; vedes aquele subir e descer as calçadas, vedes aquele entrar e sair sem quietação nem
sossego? Pois tudo aquilo é andarem buscando os homens
como hão de comer e como se hão de comer.*

Padre Antônio Vieira, *Sermão de Santo Antônio aos peixes*

1.

A revoada aconteceu quando desceram os batéis, dece-
param as maçarandubas e se puseram a construir fortins.
Daí a pouco eu andava com Padre Mundim, oriundo do
Arcebispado de Évora, que me falava dos meus pecados.
Sempre que dizia *sangue de Cristo* me botava água na
boca. Cedo tomei gosto por seu idioma, e nele eu solicitava
que me descrevesse de novo, com riqueza de detalhes, a
Paixão. O bom Padre repetia tudo: a carne estraçalhada,
a coroa de espinhos, as chagas abertas. A carniçaria era
sempre maior, pois me queria temeroso e impressionado,
mas eu só lambia os beiços e media sua cintura.

Nos primeiros tempos nos metemos por matas de
minha conhecença, o Padre e tantos de seus irmãos, mais
tantos da terra, um espanhol que salvamos da boca de
uma onça e um pirata francês. Era bom andar nessa companhia, minha maloca tinha definhado tossindo bofes e
ranhos numa febre malsã, e de há muito restara eu sozinho, esquivando-me pelas praias e restingas.

Nossa missão era encontrar o confrade de nome
Gouveia. Chegara meses antes, a bordo de urca flamenga,

tendo perambulado em aldeias para a glória do Deus Pai. Agora andava caído em posse de ex-cristãos, filhos de homem português e mãe brasílica, que deram as costas à Cruz e tomaram do arco e da flecha. Estes, dizia-me Mundim, tinham posto a perder a alma de tantos da terra que, por contágio deles, retrocederam ao hábito da carne humana. Eram muitos assim, e ferozes.

Por toda a expedição o mando do caminho era meu, e do caminho eu dispunha. Passávamos então na base das carnes selváticas, sobretudo aquelas pacas e macacos que abundavam e outros animais semelhantes aos lagartos. Nada disso chegava a saciar minha fome, mas eu me afeiçoara do Padre, que a bem dizer me salvou a vida, a única que tenho e que esteve por se acabar nas pauladas de uns marujos. Por ele eu me impunha limites. No entanto, quando sim, quando não, eu via tudo como por uma renda vermelha e namorava as coxas dos jesuítas.

Bom trilheiro que sempre fui, não demorei a entender, por rastros e picadas, a senda do Padre Gouveia. Estava pela baixa das cobras, a duas luas e meia. Mas fiz meus cálculos: uma vez encontrado, esse santo homem nos traria muitos riscos nas mãos daqueles cristãos perdidos, pois estes eram homens sanguinários, vivendo de fecundações e beberagens erradas. De tanto ponderar e prever, cedi à covardia: no último segundo tratei de tanger nosso bando na direção oposta. Tocamos mais para dentro das terras carijós, pois esses eram mais mansos e propensos às coisas divinas, não tendo nenhum gosto em banquetear criaturas de fala e gesto. Assim fiz e não me arrependo.

Daí em diante nossa busca pelo Padre Gouveia ficou sendo fingimento meu. Por aqui, por ali, eu dizia, ao bel--prazer da minha pessoa. Pelo caminho o Padre, que se apegava mais a mim do que aos confrades de colégio, me contava das coisas espantosas de que ouvia falar de nossa fauna. Logo entrevi que o fascinava nossa sucuryuba, pois um confrade o alertara da corpulência extraordinária dessas serpentes e dissera que, vendo uma delas nadando no

10

rio, pensou que era um mastro de navio. Eu explicava tudo ao Padre, acrescentando coloridos ao desbotado da verdade: que tinham duas cabeças e se enroscavam nos animais, introduzindo-lhes a cauda pelo ânus, e que às vezes, estufadas de uma capivara, jaziam na terra, vindo a ter o ventre rasgado por aves de rapina que lhes roubavam o repasto não digerido. Depois as peles da serpente se regeneravam, e ela se arrastava pelas matas como nova.

O muito espanto do Padre ante as lendas que eu contava me pôs uma fantasia na cabeça. Como já não suportava a fome que a carne magra dos macacos e a carne dura das pacas não saciava, dei por este engenho: em nossas andanças, eu nos obrigava a travessias de rios e lagoas, sempre me adiantando ou me atrasando na companhia de um jesuíta suculento; a sós na mata eu prestamente lhe abatia o crânio com pedra ou pau e ocultava-lhe o corpo sob a folhagem; botava a culpa numa sucuryuba feroz que enlaçara o irmão durante o nado ou num atalho; dali a pouco eu retornava para a ceia, limpava os ossos a dentadas, mastigando a carne de olhos fechados num deleite só meu, depois jazia na terra, eu mesmo metamorfoseado em sucuryuba, a barriga inchada do festim, e arrotava jesuíta por muitos dias.

Assim fui fazendo, metamorfoseado ora em cobra, ora em ariranha ou bando de lontras, fui de um tudo em busca de carne de animais racionais. O espanhol que salvamos da boca da onça caiu dentro da minha, o pirata francês virou caveira, até que sobramos o Padre e eu na mata escura. «O abate é geral, meu filho», disse-me Mundim, consternado. Nada respondi, mas me veio a lembrança de uma maloca vazia. Mundim, que nunca desconfiou das minhas fomes, desistiu do Padre Gouveia e me disse que tocasse para uma missão perto do rio Mapori. Lá encontraríamos abrigo e comida, um leito com panos limpos, resguardados das chuvas e das febres.

Como nunca me opus a um leito limpo, fomos à tal missão em Mapori; ao cabo de dois dias de caminhada e algum nado, qual foi nossa surpresa quando encontramos o aldeamento às moscas, com muitos corpos decepados, triste como uma tapera. Um irmão do Padre jazia quase morto, com as tripas para fora, mas, como se por magia, continuava desperto, embora olhasse como se visse outro mundo e falasse embaralhado por fantasmas. Mundim se ajoelhou ao lado do moribundo, sentiu-lhe o pulso, que não havia, e falou-lhe que contasse dos acontecimentos ali passados. O irmão, cujas tripas fediam, contou com uma voz sem sopro de certo *pa'ye* que andava pelo sertão sublevando as almas. Este, metendo fumos pela boca, aos outros lhes dava seu espírito, e os fazia seus semelhantes; aonde quer que fosse o seguiam todos. Os da terra não tinham o que temer, mas os da Cruz que aprendessem a cozer tripas. Eu já ouvira de muito tempo falar desse feiticeiro que em tempos mais antigos andou pelas praias e matas anunciando caravelas e pestes. Era o protetor desses meus que o Padre chamava de selvagens. Depois de dado seu relato, a cabeça do irmão semivivo tombou para o lado e no seu olhar já não houve luz.

Mundim quis tocar para o litoral, em busca do forte em São Gonçalo, lá havia mais uma centena de irmãos, vivos decerto, e barcos. Mas eu era de outro pensamento, meu fascínio dominara-me o medo, e pus uma intenção na cabeça: encontrar o *pa'ye*. Só não queria me separar de Mundim, a quem já andava afeiçoado. Seus ensinamentos, se não me educavam, não deixavam de ser histórias novas, e dessas eu sempre tinha gostado, desde quando, curumim, trepava os brasis ileso. Convenci o Padre de que ele, em sua vasta sapiência, era o único capaz de desviar o feiticeiro do caminho demoníaco, e que se tínhamos nos metido tão longe mata adentro, e encontrado aquele irmão das tripas moribundo, era desígnio.

O Padre concordou, e partimos em busca do *pa'ye*. Por todo o caminho ele foi dizendo que, em minha nobreza, eu era superior a muito europeu, embora ainda andasse quase desnudo, e gostasse de tintas na pele e filetes trespassando lábio e orelha. Prometeu levar-me um dia para andar em trajes de homens gentis pelo Bairro Alto daquela afamada Lisboa, e lá eu veria até onde vai o engenho humano sob o gosto e a boa vontade de Deus. Como papagaio eu repetia «sob o gosto e a boa vontade de Deus», e Mundim se ria do meu gosto por seu idioma.

Por muitas semanas andamos de novo na base de lombo de macaco e capivara. Na hora de fechar os olhos, o Padre pedia que revezássemos a vigília, ao que eu explicava que naquilo não havia serventia, que aqui sobrevivemos se a mata assim quiser, e dizia: «Então durma sossegado, Padre, confie em seu Deus que eu confio em minha selva». Ouvindo isso, Mundim entrevia em mim um sábio e, concordando, se martirizava pela fé fraca e o sono assustado. Mas, depois de muitas rezas e soluços, ele dormia, e eu, por gosto da solidão, velava o sono do Padre, namorando sempre os caminhos veiosos por onde corria o sangue em seu pescoço, donde se me metia um desejo de mordidas, mas eu me continha, pois o Padre era meu salvador e, no seu jeito de me chamar de irmão, eu escutava uma verdade.

Foi essa a nossa vida por mais tempo do que sei dizer, tirando muitas léguas entre cipós, trepando-nos em galhos ao rasante de porcos selvagens, e tenho para mim que conhecemos essas selvas até o fim do mundo, a ponto de que o padre dizia «Agora sei que Eldorado não há», rindo-se sozinho, o pensamento lá em bússolas, mapas e astrolábios. Aquele riso, contudo, foi se desbastando. A certa altura, o Padre já andava com nostalgias do mar e de além-mar, cantava canções que ouvira da boca de marinheiros, e me pedia encarecido que regressássemos, que estava cansado de missões e desígnios, e além de tudo envelhecera muitos anos. Eu tocava para a frente, e ele me seguia, pois não havia mais o que pudesse fazer.

Assim fomos indo, até que, tendo muito perambulado sem sucesso, ludibriados pelos rastros dos curupiras, tirando fino da morte por piranhas ou jararacas, num entardecer na barra do Irapó, avistamos enfim o *pa'ye*, encimando uma pedra musgosa. O Padre e eu nos aproximamos, trêmulos de medo e reverência, até que o Padre, caçando coragem, gritou: «Curva-te a Deus Pai, senhor e criador das matas, vigia dos destinos e salvador das almas!». O *pa'ye* ignorou o Padre e me falou sem abrir a boca: «*Eçaraia*, vieste tão longe que te darei todas as luas do mundo, mas, antes, sacia tua fome». Tomado de susto por ouvir com outros sentidos, agarrei um tatu pelo rabo, rachei-lhe o casco e devorei sua carne. O *pa'ye* repetiu: «*Eçaraia*, vieste tão longe, sacia tua fome». Pulei no riacho, colhi o curitã e limpei-lhe a espinha. «*Eçaraia*, sacia tua fome.» Me lancei às bagas negras do arbusto aos pés do feiticeiro, e enfiando-as de carradas na boca chupei delas todo o sumo. «*Eçaraia*», insistiu o *pa'ye*, conhecedor de tudo que ia na minha alma e nos meus apetites, «*sacia tua fome.*» Sem mais, peguei dum pau e matei o Padre.

2.

Por meados dos setecentos aceitei a verdade: se meus irmãos da terra espetavam os fortes por querer devorar-lhes a braveza, fazendo nisso a eles muita honra, a ponto de se ver coisa inimaginável — não uma janta feliz, mas um jantado —, eu, por minha parte, punha os olhos era nos covardes que por chorar escapavam das brasas, que se entupiam de mandioca e abóbora, mais ainda os estrangeiros extraviados, aqueles alemães robustos que à visão do tacape se mijavam. É que a mim sempre apeteceu o sabor mesmo da humana carne, e nunca estive interessado em pastar virtudes, só e somente músculos tenros, tendões indolentes, entre os quais se chega fácil, como por entre cortina de miçangas, ao tutano dos ossos.

Quando isso entendi e aceitei, me livrei da culpa de que tanto me falava o finado e saborosíssimo Padre Mundim, e passei a levar vida muito mais doce — e longa. Pois na barra do Irapó o *pa'ye* me soprou na boca fumos e me deu de beber uma mistura, e nunca mais enruguei, estou sempre com a mesma cara. Assim andei pelas Geraes à cata de ouro e diamantes, onde fui me educando. Quando arrebatei fortunas, os linguarudos me chamaram de Conde Tupinambá, pois minhas feições nunca ocultaram minhas origens nativas das mais puras. Andei metido com discursos, e dos cacoetes desses nunca me livrei, cantei pastos civilizados, mas me desgostei das academias no primeiro poeta que achei de devorar. A carne era tão indigesta que adoeci e julguei o feitiço esgotado, mas ao cabo de três noites de febre e delírios sobrevivi.

Decidi partir então pelos sertões agrestes. Fui dar no litoral, onde com a abundância amealhada nas minas comprei antigos engenhos, fiz moer muita cana e bebi carradas de mel e sangue. A vida ali, não obstante, era besta: o século não passava, escorria; as ondas dos canaviais andavam sempre embalando sono nos meus olhos, e a carne que eu comia nos festejos do arraial era magra. Quando ouvi notícias de uma família imperial, não pensei duas vezes: parti numa galera ao Rio de Janeiro, onde eu sonhava ter vida muito mais rica e diversa. E assim foi.

Desembarquei numa manhã de sol, admirando as ilhotas de sonho ao largo, e as edificações que assomavam. Tropecei no cais, dei com a cara no chão, mas não me chateei. Alguém me ajudou a levantar como quem levanta um boneco, e a partir de então pisei com cautela aquela terra firme, nem arraial, nem vila, mas cidade. Na vizinhança da Saúde, aluguei um sobradinho caindo aos pedaços, deixei lá sob tábuas de chão as pepitas centenárias que sempre cuidei de trazer comigo, e fui viver a vida dos pobres: foi o que me apeteceu depois de um século de engenho, e também por achar justo, se andaria a conhecer o sabor deles, ter ciência também de seus dissabores.

Nesses primeiros tempos caí de novo nas metamorfoses: fui estivador, embarquei e desembarquei o mundo no porto da Praça e na Gamboa, espantando-me com as florestas de mogno, jacarandá e peroba, até da tosca imbuia, que mandávamos para os povos de lá, e às vezes pensava comigo que estava na hora de mandar pelo menos um canibal entendido que lhes comesse um pouco das carnes, mas semelhante pensamento logo me abandonava, pois eu gostava da vida tropical, jamais me alforriaria das terras de cá. Para evitar a tentação dos navios, deixei o porto e fui ser mascate; vendi tecidos e bijuterias, fui aguadeiro e levei muito cântaro na moleira, fui até criado doméstico, servindo fidalguias esbaforidas. Depois de quebrar muito o lombo eu me dava o direito de lanchar um espécime da ocupação que eu tomava. De todos que lanchei, um ajudante de tipógrafo me ficou na memória pelo fácil desfiar, pois os trabalhos braçais, embora dessem carne mais saudável, endureciam os tecidos a ponto de eu ser obrigado a fazer sopas e caldos para amolecê--los, quando sempre preferi o refestelo cru e sanguinário.

Os anos correram. Um dia, descansando as costas num banco da Praça do Imperador, observando ao longe o vaivém de escunas e saveiros, sem bem saber quem eu era neste pedaço do universo, uma folha do *Jornal do Commercio* veio enredar-me a canela, como uma gata no cio. Li a página e encontrei ali uma notícia que despertou meu interesse: sob a chamada de *Noticias Scientificas* davam a saber que dali a dois dias se exibiria na hospedaria Pharoux um novo invento que haveria de levar a termo a revolução que o século havia muito pedia. Eu, que já tinha visto de tudo, queria ver sempre mais, e dois dias depois me encaminhei pela manhã à Rua do Ouvidor para tomar posição em frente à Pharoux.

Havia lá toda sorte de gente à espera do novo invento, e foi preciso mesmo esperar, pois se demorava o Abade Compte, capelão da corveta *L'Oriental*, responsável pela operação do tal instrumento de Daguerre. Quando finalmente deu a cara ao sol, manobrou com destreza aquela novíssima câmara obscura. Em menos de nove minutos, o chafariz do Largo do Paço, a Praça do Peixe, o mosteiro de São Bento e todos os outros objetos circunstantes se acharam reproduzidos com tal fidelidade que bem se via que a coisa tinha sido feita pela própria natureza, sem intervenção do artista a não ser dar partida e direção à máquina. Aquele, posso dizer, foi o dia definitivo da minha vida, pelo menos no que concerne àquele século, pois desde aquela manhã nada mais me incendiava a fantasia que ter em mãos o meu Daguerre. Poucos dias depois, o mesmo jornal fez saber que a própria Sua Majestade, o Imperador, então ainda moço, mas desde sempre interessado nas coisas do conhecimento e da razão, foi pôr os olhos no aparelho, a convite do Capitão Lucas, comandante daquele navio-escola *L'Oriental*. As altezas imperiais puderam na ocasião testemunhar, ao cabo dos mesmos nove minutos, a vista da fachada do paço da Boa Vista tal como flagrada de uma das janelas do torreão. Logo correu na cidade a notícia de que o Imperador mancebo, varrido de fascínio, mandou vir de Paris por 200 mil réis um daguerreótipo, comprado das mãos de certo comerciante de nome Felicio Luzaghy. Nesse dia resolvi metamorfosear-me e fui ao meu sobrado, remexi tábuas e recuperei uma porção de pepitas, suficientes para o que eu pretendia: boas casacas, boa habitação e o meu próprio daguerreótipo. Um trapicheiro do porto da Gamboa cuja irmã eu havia conhecido na intimidade dos bofes pôs o endereço do francês ao meu alcance, e ao cabo dos trâmites e da pepita vi-me proprietário por fim de uma casa de daguerreotipia na Rua da Quitanda.

Nos primeiros tempos, daguerreotipei famílias nobres, almirantes e generais, gozando de certo pioneirismo comercial. O caso é que não fui o único picado pela magia da luz capturada no cobre. Em pouco tempo surgiam do próprio solo nativo daguerreotipistas autóctones ou então aportavam pelas bandas de cá intrometidos estrangeiros, sempre muito alourados, com olhos azuis. As classes abastadas, na primeira oportunidade, abandonavam-me, preferindo se expor à mirada estrangeira do que aos olhinhos rasgados que herdei de minha gente. Para piorar, a todo tempo desembarcavam no porto novas técnicas e acessórios, e eu tinha de me virar para acompanhá-los, o que contudo fazia de bom grado, pois a minha era uma paixão genuína. Lutando contra a concorrência, multipliquei os serviços que prestava e os equipamentos que comercializava em meu ateliê, oferecendo ambrótipos e melainótipos, vistas estereoscópicas e toda sorte de alquimias fotográficas. Também me dignava a ir a qualquer parte e me tornei quase setorista líder no registro dos mortos, que outros evitavam fugindo do tema mórbido e que a mim apetecia, pois aos cadáveres não eram incômodos os longos minutos de imobilidade.

Apesar desses esforços, meus traços silvícolas representavam uma desvantagem quase intransponível, mesmo com os módicos preços que eu cobrava. Sem muito relutar, à competição desleal resolvi travar guerra pelo meio que mais me agradava. O primeiro que jantei no sobrado da Saúde foi o irlandês Alfred Wayne, na mesma semana em que o dito conquistou o patrocínio real e o direito de exibir as armas imperiais na fachada de seu estabelecimento, honraria que todos os do métier cobiçávamos. A esse se seguiram muitos, quase sempre rivais que me roubavam não só os prêmios como as menções honrosas nas Exposições Provinciais, além da galhardia, que sempre me escapava, de registrar o fotógrafo-pai e mecenas, Sua Majestade, o Imperador.

No ramo, em que abundavam víboras, eu tinha apenas um amigo, o insosso Oliveira, pernambucano que chegara ao Rio cheio de ideias poéticas. Como se dissipava nas noites, vivia sem dinheiro e, não podendo abrir ateliê próprio, propôs ser meu empregado. Aceitei pela companhia, ainda que minha própria casa só se sustentasse com aportes periódicos das minhas gemas setecentistas. Com o tempo floresceu uma amizade verdadeira, sentimento que eu não experimentava desde o finado Mundim.

Passei a cuidá-lo, e, quando Oliveira metia-se em confusões e gastava mais do que podia na Maison Dorée ou bafos ainda menos nobres, eu por vezes lhe devorava os desafetos.

Esse meu compadre Oliveira era de natureza melancólica. De quando em vez desatava a elucubrar sobre a magia que assaltou a mim e a ele. «A vida é tão curta e fugidia», dizia-me, «é vulto que passa, compadre, por que então esse afã de fixá-la numa imagem nítida?» Eu escutava essas coisas em silêncio, tendo comigo que a vida era, na verdade, bastante longa e que as imagens que tirávamos dela eram a bem dizer obscuras, quando não borradas. A melancolia do Oliveira contudo não era estéril; dela lhe vinham as conjecturas que em pouco tempo começaram a nos atrair clientela. Por exemplo: foi o Oliveira, tomado de seu espírito macambúzio, quem primeiro se dedicou a fotografar a cidade desvanecente. De início eu achava estranha aquela obsessão, mas pesei comigo que o feitiço que animava meus ossos me fazia ver tantos tempos que a mim cabia o ponto de vista das coisas naturais, acostumadas que são ao fenecer e renascer de tudo. O Oliveira, coitado, só tinha em sua cota, com sorte, mais uns trinta ou quarenta anos ligeiros, então não era de se admirar que o atormentassem aquelas fantasmagorias, pois em tudo que desaparecia ele via o seu próprio destino. Ainda assim, deixei-me contaminar um bocadinho; fui estudante de nostalgia do mestre Oliveira, e tomava nota das coisas. Já o próprio bairro da Saúde, onde eu ainda guardava pepitas, não era mais o que conheci, ali marinheiros e operários já não tinham lugar, os leiteiros já não saíam pela cidade com a vaca a respaldá-los, e as carnes, que eu gostava de ver, já não ficavam expostas nas portas dos açougues.

Em todos os projetos a que a fantasia do Oliveira o arrastava, eu lhe fazia cauda. Foi na galeria dos judeus marranos da Rua da Carioca que organizamos nossa exposição com fotografias das velhas casas portuguesas, com suas gelosias e muxarabis, seus azulejos e beirais. Inédita em seu gênero, a exposição deu o que falar, sendo muito ridicularizada por invejosos que diziam que não havia o que ver naqueles casebres obsoletos; no entanto, foi graças a ela que, honra suprema, recebemos carta brevíssima do Imperador, que nos felicitava: «Alegra-me que esta capital esteja provida de técnicos capazes do nobre sentimento do passado, ainda mais porque moços, que decerto verão o próximo século, e até lá poderão ir registrando com olhar arguto a cidade que passa».

Aqui ficamos Oliveira e eu na expectativa da visita do Imperador à exposição e, enquanto ela lá esteve, montamos acampamento e não arredávamos pé, um de nós sempre de tocaia enquanto o outro ia em busca de cafés e pãezinhos às confeitarias. As semanas se passaram, o período da exposição se encerrou, e o Imperador não apareceu; contudo, no último dia, recebemos proposta direta da Casa Imperial para a aquisição de todas as fotografias que expusemos. O acordo foi selado, com muitas vantagens para o nosso partido. Quando o *Commercio* repercutiu a notícia, andamos Oliveira e eu pisando em nuvens, vistos agora pelo povo e por nossa própria classe não apenas como fotógrafos, mas como verdadeiros artistas, perfeitamente capazes de fazer frente aos Insleys Pachecos, cujas aquarelas ornavam os salões do baronato.

Apesar dessas alegrias, não tínhamos ainda o patrocínio real, e queríamos mais do que tudo as armas imperiais em nossa fachada. Julgávamos que o Imperador, comprando nossos casebres, atinava naquilo mercê suficiente, só que nos envergonhava entre tantos estabelecimentos condecorados justo o nosso sofrer aquela carência. Em momentos de desolação, eu confessava a Oliveira que a razão pela qual não tínhamos as armas imperiais eram os meus olhos de tupinambá, ao que o Oliveira, com sua cara de holandês, defendia com unhas e dentes a dignidade do

Imperador, que, nas palavras dele, era um sábio e, acima de tudo, um amador do povo brasileiro e também de seus silvícolas e descendentes. Eu concordava, mas nem por isso a suspeita desaparecia de dentro de mim.

Foi dessas nossas discussões que surgiu à Oliveira, codivisada por mim, pois que brotava das minhas angústias, a ideia para o nosso novo projeto: uma série de composições em que nos valeríamos como fundo não das paisagens temperadas à maneira europeia, nem dos classicismos postiços, mas da flora brasileira. «Um gongorismo tropical», foi como Oliveira articulou a questão. Logo me vieram à memória as formas excêntricas de plantas e arbustos do coração da floresta com que convivi naquelas minhas andanças antes e depois de digeridos meus assuntos com o Padre Mundim. De início, Oliveira quis bastar-se com umas tantas folhas de bananeira e palmeirinhas, e nossos primeiros resultados foram raquíticos, em nada evocando a profusão de lianas e epífitas em cujo emaranhado eu costumava me perder nos meus tempos de mata. Pedi a Oliveira que me desse um prazo para me lançar a uma incursão à selva que nos circundava em busca de espécimes mais preciosos, ao que ele se mostrou muito contrário: Oliveira tinha um temperamento imediatista; quando se pegava de uma visão precisava gastá-la, como quem consome todo o perfume da flor numa só tragada. Mas, como o dinheiro era meu, impus meu tempo.

Embrenhado de novo pelo mato, alimentei-me de raízes e bagas, fui picado por cobras e constatei mais uma vez que não morria, pois o feitiço do *pa'ye* era dos bons. A certa altura, crendo-me em matagal muito cerrado, dei na verdade com um aldeamento de naturais da terra, vivendo mais para a urbanidade do que para a selva, porém tristíssimos, numa pobreza que me constrangia. Entre eles zanzavam um sacristão e um diretor nomeado. Este, contrastando meus traços nativos com minha educação metropolitana, insistia em me dizer, primeiro, que o estado da aldeia era de dar pena, o que eu podia ver com meus próprios olhos, e que danos enormes tinham os índios sofrido em seus terrenos, por isso muitos andavam abatidos; dessas lamúrias passavam a outras mais antipáticas, pelas quais me diziam que muito mais proveito se teria em passar aqueles índios à «alçada acolhedora de um juiz de órfãos», pois aqueles caboclos estariam mais felizes na cidade, onde eu, como podiam constatar pelo meu manejo superior do idioma e modos cordatos, parecia me sair tão bem. Aquilo tudo me pareceu familiar, e só pude rir de como se sairiam bem aqueles caboclos no eito duro dos portos da Praça e da Gamboa, e com isso logo senti ganas não de comer o sacristão e o diretor, pois não eram carne que prestasse, mas de pelo menos abatê-los para as onças que ainda havia por ali. Entre os índios, que não pareciam entender uma palavra do que eu lhes dizia no meu nheengatu enferrujado, um deles era dado ao plantio de raras espécies que naquele norte fluminense iam desaparecendo para ceder lugar ao café. Pensei que meu Oliveira muito apreciaria aquelas plantas fantasmas, e assim, carregando o maior número de mudas que consegui e bolsões cheios de sementes, ao cabo de três dias parti do aldeamento, tendo me recusado a devorar uma canela que fosse, confundido e desolado com o que andei vendo.

De volta ao Rio, encontrei Oliveira ferido de amor pela filha de um boticário e nosso ateliê às traças. Mal se lembrava do projeto. Como já não tinha pressa, lancei-me sozinho ao cultivo de caraguatás, orianas, escovas-de-macaco e paineiras, e, aos meus cuidados, toda essa pequena floresta deu para a abundância. Em pouco tempo a notícia do nosso exotismo correu a cidade, e os entendidos previram um sucesso estrondoso. Eu me dirigia ao Oliveira animado, mas agora só lhe interessava a formosura da filha do boticário, tanto que fazia campanha pela nossa aproximação, pois nada o faria mais feliz, dizia ele, do que minhas bênçãos, afinal era de mim que provinha o seu sustento.

Para satisfazer Oliveira, levei a mocinha pela mão à minha pequena mata atlântica, discriminei cipós e ramas e falei dos meus planos para a nova exposição. Tomada de interesse pelas raras bromélias e begônias que desentranhei da selva, solicitou-me amostras das minhas sementes com o tato modesto de uma filha de boticário. De novo, para não contrariar Oliveira, cedi.

Passei então a me dedicar muito amiúde às composições, e aos poucos fui convencendo esse e aquele comerciante afamado a posar entre minhas plantas ferais. Nesse ramo, capturando-se uma presa gorda, as outras vêm por vontade própria. Nas horas de folga, passeando pelas ruas iluminadas, eu pensava na pessoa do Imperador, que a qualquer momento haveria de bater à nossa porta.

Nunca veio, nunca viria. Ocorreu que daí a pouco sofremos um incêndio terrível no ateliê da Rua da Quitanda. Os transeuntes paravam para acompanhar meu desespero. Nada sobrou no térreo, nem no andar superior. Teria sido não só o fim de minha sociedade com o Oliveira, como a frustração da minha carreira, se eu não pudesse recorrer ainda às minhas gemas. Sofrendo pelo tempo perdido, reformei nosso estabelecimento e comprei equipamentos dos mais novos e modernos, mas tudo isso me levou muitos meses, estando sempre à mercê de um mestre de obras digressivo, e até o fim daquele ano não pude sequer pensar em preparar um repertório. Quando tive tudo finalmente pronto, qual foi minha surpresa ao descobrir que por todas as casas de daguerreotipia da capital do nosso Império floresciam matas atlânticas idênticas à minha. Uma febre tropical tomara conta da cidade; por uma temporada toda a gente de bem não pensava em outra coisa senão ser flagrada entre matagais cerrados e ferozes. No meio disso, a filha do boticário não quis mais saber do Oliveira.

Tentei engolir o revés, embora me viessem outras fomes, até que o próprio Imperador deixou-se fotografar cercado de marantas pelo odioso Insley Pacheco. Aquilo foi a gota d'água: ao fim de uma noite em que discutimos negócios e deixei-o conjecturar uma nova arte brasileira que superaria a fascinação tropicaloide, amarrei Oliveira a uma cadeira de bom cedro, arreganhei-lhe a boca e o sufoquei, vertendo sucessivos sacos de sementes. Antes que cessasse de estrebuchar, meti-me a devorá-lo. Só então percebi que havia muito tempo eu não me sentia tão feliz.

3.

O caso Oliveira me deixou desgostoso com a fotografia, e a necessidade de constante adaptação às novas técnicas que aportavam na Gamboa demandava uma paixão que já não me movia. Cansei de correr atrás do século, até porque não havia necessidade: o século desfilaria bem diante dos meus olhos, tudo que me cabia era permanecer imóvel. No fim, eu continuaria aqui, inteiro; o século, não. Insley Pacheco, a filha do boticário, mesmo o Imperador, todos dali a pouco desapareceram, o novo tempo chegou, não na forma de cruzes e caravelas atracadas ao largo, mas com seus bondes, aviões e telégrafos. Em pouco tempo estávamos de novo colonizados. Cansei também do Rio, então fui à Saúde, recuperei meus últimos sacos de pepitas e tomei o rumo de São Paulo.

No começo decidi seguir vivendo uma vida modesta, esquivo ao escrutínio; fiz de novo de um tudo por muitos anos, labutando entre judeus, italianos e japoneses, provando-os sempre como me apetecia. A certa altura houve uma guerra de que mal ouvi falar, e dali uns anos, não sei bem quantos, um pouco como pilhéria, abri um açougue no Bom Retiro.

Um dos meus clientes era um jornalista sorumbático que me lembrava o Oliveira. Certa manhã ele apareceu em busca do meio quilo de acém de sempre e comentei que seu semblante parecia mais borocoxô do que de costume. Ele primeiro lamentou que os europeus já andassem de novo pedindo guerra; depois, soltou a frase que me lançou a um rumo novo: «Mas o problema mesmo, sr. Cabral» — era como eu me apresentava — «é só poder comer acém». E complementou: «Se uma herança caísse no meu colo, corria à Bolsa, que nesses dias não faltam modos de enriquecer a quem sabe somar e tem onde cair morto». Aquilo, dito assim de modo tão fortuito, abriu meus olhos para a realidade: eu não cairia morto tão cedo, mas o certo é que eu não podia depender para sempre de uns sacos de pepitas. Cerrei fileiras com esse Ernesto, que era como se chamava o escrevinhador, e procurei me educar com ele, que cobria nas páginas da *Folha da Noite* as movimentações no mercado de capitais. Embora andasse afundado em dívidas — tinha investido mal em peles de jacaré —, Ernesto aprendera com o revés e se tornara mais cínico e vidente. Tinha uma máxima: «Já enxerga muito bem quem não vê o que não existe». Ele havia visto um império de jacarés na forma de bolsas e sapatos, e o império não existia, o recurso era finito, e as leis logo vieram proteger o lagarto peçonhento. Aprendeu a lição. Em troca de cortes nobres do meu açougue, esse Ernesto presidiu minha educação financeira, e me foi muito mais útil do que todo um curso numa daquelas novas escolas de economia, pois me explicava aquele mundo ao rés do chão, como um malandro que cochicha a outro a senha de um trambique. Falei a Ernesto da herança que um suposto tio havia me deixado e comuniquei minhas aspirações de acionista. «Nesse caso», disse ele, «não faltam apostas.»

A primeira sugestão de Ernesto foi que eu não me ativesse a uma linha de raciocínio única, que a tese da riqueza é longa e cheia de digressões, sendo preciso sustentar em mente pelo menos três ou quatro ideias ao mesmo tempo, sendo essa a forma mais sadia de enriquecer. Assim fiz: a seu conselho, como porto seguro, fiz aportes no café, pois o café era infinito, e nunca faltaria quem o comprasse e bebesse, aqui e além, mas diversifiquei, pulverizando minhas pepitas em papéis que iam da siderurgia às comunicações. Pouco depois tirei Ernesto do jornal e o pus como meu *day broker* particular. Todos os dias lá estava Ernesto na Bolsa gritando números em meu nome. Andei perdendo dinheiro numa produtora de cinema, paixão que quase me tragou, e por um momento contemplei entre calafrios uma eternidade de pobreza.

Fomos os dois gangorreando década adentro até que veio nosso golpe de sorte. Fazia muito tempo que Ernesto acompanhava as movimentações da Becker S/A. A empresa tinha horizontes, mas sofria pela falta de direção, dispersando-se na produção de cervejas, presuntos, linguiças e banhas. Numa reunião para investidores, a que Ernesto compareceu, foi apresentada a nova aposta da companhia: o Açaí Becker, bebida gasosa de açaí. Ernesto provou. O líquido púrpura fez cócegas no céu da sua boca e, mais do que saciar, atiçou a sede. Todos os presentes se entreolharam, sorrindo. Andavam buscando outro rótulo desde que os alemães de Barra Funda fizeram fortuna com o guaraná; tentou-se o caju, o sapoti e a acerola. O açaí era a bola da vez. Ernesto veio me contar tudo. Vi também naquilo um sinal, pois nos meus tempos de matas o sumo de açaí era dos meus licores preferidos. Reorientando meus investimentos de acordo com o faro de Ernesto, que me dizia o tempo todo que aquilo que víamos existia, virei o segundo maior acionista da Becker.

Foi uma aposta feliz. Com um ano de mercado, nosso Açaí Becker se tornou a terceira bebida gasosa mais consumida do país. Minhas pepitas, antes tão palpáveis, tornaram-se capitais em fluxo irrigando toda sorte de empreendimento. Comprei um grande casarão no Centro Novo, contratei criadagem, motorista e promovi bailes que marcaram época, sempre com a presença dos grandes empresários da cerveja, do café, da juta e do aço. As atrizes da Cinédia frequentavam minhas festas, e em uma ocasião pudemos assistir, em exibição privada no meu jardim, à estreia de *24 horas de sonho*. Nessas reuniões, Carlos Becker, fundador e acionista majoritário da Becker, insistia comigo que tínhamos de nos aliar aos bancos germânicos, pois nosso ditador tinha simpatias teutônicas. Eu desconversava, feliz como estava com a vida que tinha. Ernesto me abraçava, dizia: «Cabral descobriu o Brasil!». Às vezes circundávamos, Ernesto e eu, a Praça da República, pegávamos a Barão e nos metíamos no Edifício Paz, cujo elevador de portas pantográficas ia nos deixar aos trancos e barrancos na Vienense, onde pedíamos tortas, strudels e um bom Açaí Becker. Ernesto me apontava nos fundos da confeitaria os intelectuais da Revista Clima, bebendo copos de Coca-Cola com gelo. Brindávamos, então, em alto e bom som: «À bebida nacional!». Que gente chata, cuspia Ernesto, e eu concordava. Foi nossa primeira Idade de Ouro.

Àquela altura da minha existência multissecular, eu já tinha aprendido que o mundo dá tantas voltas que, mesmo quando nos favorece, ficamos zonzos: não tardou que as previsões de Carlos Becker sobre os bancos teutônicos naufragassem, e nisso meu destino cruzou-se com o do ditador. Estávamos, Ernesto e eu, tratando de negócios no Brás, quando correu a notícia de que submarinos alemães tinham andado despachando navios brasileiros costa afora. Um vespertino informava: eram seis os navios; estes, ao afundarem, transportaram para o fundo do oceano para lá de seiscentas almas. Ernesto, muito mais atento à política do mundo, cochichou ao meu ouvido que aquilo nos traria muitas reviravoltas. No jornal se lia que um dos navios se chamava Baependi. «Mba'eapiny», comentei com Ernesto, «rio do monstro do mar»: o nome do navio evocava seu algoz. Ernesto não deu mais atenção ao meu tupi, pois já estava acostumado a certas esquisitices que eu soltava aqui e ali, que a ele pareciam sinais de grande erudição, mas que a mim não passavam de estropiadas lembranças filológicas. Mas Ernesto estava certo: reviravoltas vieram.

Dali a poucos dias foi deflagrada a campanha de nacionalização. Todo empreendimento tocado por alemães entrou na mira do Tribunal de Segurança Nacional.

Aquilo a mim fazia muita graça, pois na minha estimativa o próprio ditador precisaria ser previamente nacionalizado, o que talvez envolvesse me conhecer mais a fundo. Em todo caso, ele me serviu pelas seguintes circunstâncias: em sua perseguição feroz e indiscriminada, o serviço de espionagem do governo apontou meu sócio Carlos Becker como principal financiador de *A Colônia*, periódico bilíngue que circulava em São Paulo e que, segundo os agentes do ditador, se disfarçava de revista de variedades para subverter a consciência nacional. Era um periódico sem consequências, que devia ter, quando muito, duas dezenas de assinantes, mas Carlos Becker foi preso e teve seus bens espoliados. À boca pequena corria o boato de que os oficiais obrigaram Becker a beijar os fundos de um porco na frente de Dora e Clarinha, suas filhas pequenas.

Nossa classe ficou em polvorosa, tanto mais porque eram muitos os teuto-brasileiros do ramo, a maior parte deles fora de suspeita; unimo-nos e fizemos frente ao governo, que recuou. Só que nossas operações foram paralisadas, e semanas depois fui convocado pelo interventor federal para discutir os rumos da empresa. Respondi que a Becker era a segunda maior companhia de bebidas gaseificadas do país, e que eu só debateria o assunto diretamente com Getúlio. Nem sei de onde me veio essa marra, mas a verdade é que sempre tive um fraco pelos grandes homens, e, não tendo tido a chance de me ver cara a cara com aquele Dom Pedro, uma reunião a portas fechadas com Vargas me pareceu um prêmio de consolação digno. O ditador, que então se encontrava no Vale do Paraíba, aceitou um encontro em São Paulo e me recebeu com toda pompa e circunstância na Casa da Indústria.

Fui com Ernesto, que, debaixo do meu nariz, passou de *day broker* liberal a getulista: «O homem fez o país, Cabral». Eu tinha minhas dúvidas, pois, se por um lado me encantava o progresso, tendo em mim até então uma natural e sadia curiosidade pelo presente, fosse o presente das caravelas, dos bondes ou dos aviões, eu também chegava muitas vezes à conclusão de que estas paragens estavam em melhores mãos quando eram os meus que reinavam nelas, pois toda essa labuta febril de chaminés e guindastes nunca chegava àquele contentamento que eu experimentava quando rolava nas restingas bêbado do cauim, de conversinha com plantas e estrelas.

No térreo da Casa encontrei uma exposição de maquetes de projetos arquitetônicos patrocinados pelo ditador: uma nova sede para o Ministério da Agricultura e um modelo para escolas públicas. Não pude deixar de notar que parte essencial dos projetos era o paisagismo, cada construção ostentando belíssimos jardins. Eu contemplava essas maquetes tão absorto que não percebi o próprio ditador interceptando-me pela lateral:

— Plantas nativas. Jardins dos trópicos — ele disse.

Eu me virei e, ao entregar-lhe meu rosto, vi-o surpreso com meus olhinhos de tupinambá. Decerto nunca vira olhos assim, nem rosto tão imberbe, em empresário tão afamado. Passada a surpresa, voltou-se para a maquete e disse:

— O paisagista teve esta ideia: no lugar daqueles arbustos britânicos em voga, a flora nacional.

Quase digo que a ideia não era nova, que eu e meu compadre Oliveira fizemos algo parecido uns setenta anos antes, mas disse apenas:

— Brilhante.

Apresentei Ernesto como meu braço direito e getulista de primeira hora, ao que o ditador pareceu muito contente.

— Precisamos de jovens que levem o Brasil a sério.

Na sala de reuniões, falou que Carlos Becker era um dos principais financiadores da célula alemã em São Paulo, um devoto do *Führer*, que sua prisão e espoliação não era um capricho autoritário seu, mas uma questão de segurança nacional e que os Büchers e Zerrenners da vida não tinham o que temer da parte de seu governo. O caso de Carlos Becker era diferente.

— Eles começam publicando periódicos, depois seus leitores estão por aí pregando a secessão.

Por outro lado, a empresa, disse Getúlio, não tinha nada a ver com isso; era um monumento ao industrioso espírito nacional, que não devia sofrer pelas traições de seu fundador. Nisso ele chegou ao ponto: o plano para a companhia era que eu, um bom brasileiro, como podia ver só de olhar para minha cara, assumisse o controle majoritário, o que se daria sem custos, pela concessão à minha pessoa do butim acionário de Carlos Becker. Antes de qualquer coisa, ele quis saber se eu, por lealdade a Becker ou qualquer outro prurido moral, me opunha à ideia.

— De modo algum.

Ele pareceu muito contente e explicou que havia apenas uma condição inegociável: dada a situação nacional, as publicações em alemão estavam proibidas, e até mesmo o ensino de língua alemã; além disso, todas as empresas de origem ou associação alemã vinham sofrendo devassas em busca de fios que as ligassem a atividades subversivas. Diante de tudo isso, ficava desagradável que a segunda bebida gaseificada nacional, consumida nos lares brasileiros de todas as regiões do país, se chamasse Açaí *Becker*, o que sugeria um entrelaçamento reprovável entre a iguaria púrpura amazônica e os alemães, o mais hiperbóreo dos povos. Dessa forma, para obter o controle da empresa, bastava que eu concordasse, convencendo também os demais acionistas, em mudar-lhe o nome, o que não acarretaria prejuízo para o alcance da marca, pois o próprio governo brasileiro se esmeraria para abater desentendimentos e promovê-la em âmbito nacional. E como Vossa Excelência prefere que chamemos o refresco, perguntei.

— Açaizinho.

O nome me agradou de imediato e logo no ouvido interior escutei um popular achegando-se de um balcão de botequim e pedindo: «Um Açaizinho, por favor». Sem hesitar, eu disse que o novo nome era esplêndido, apertei a mão do ditador energeticamente e ali mesmo me tornei o primeiro e único Rei do Açaizinho.

Saímos Ernesto e eu da Casa da Indústria com o espírito no céu. Daí a alguns meses o açaí bateu o guaraná, e por todos os anos da guerra estive por cima da carne-seca. À noite eu ia ao cinema, via duas, três vezes as produções da Atlântida: *Moleque Tião*, *Tristezas não pagam dívidas*, *Não adianta chorar*. Ernesto, às vezes atacado de lirismo, erguia um copo ao céu e dizia: «Ah, se a vida fosse só isso!». Eu dizia: «Não pense demais porque estraga, Ernesto», e saíamos à cata de prazeres. Contudo, em meio àquela nossa segunda Idade de Ouro, eu mesmo ignorava meu conselho, e fui aos poucos acometido de certas febres do pensamento. Mais do que ninguém, eu sabia que tudo que existe passa, que o tempo era um incessante disparar, correr e murchar de histórias, que, enquanto este se afoga no esquecimento, aquele emerge do nada, alega direitos, indiferente aos que desapareceram, só para ser paulatinamente curvado e tragado também pelo caudal anônimo. O que era afinal aquela guerra senão um desesperado ritual, um protesto por via da morte *contra* a morte? A diferença é que, ao fim, restavam troncos e braços apodrecendo nas cidades, sem ninguém que os lanchasse. Certa noite, descendo as escadarias do Municipal, abarcado pela multidão de espectadores que se retiravam do teatro buscando cigarros aos bolsos, contemplando o Chá e os imensos edifícios que assomavam, e toda a melancolia dos postes de luz, senti uma enorme pena daqueles seres, que não eram eternos, e entendi que até então eu vivera séculos como se fosse um deles, ou seja, lutando com e contra eles, esperneando, batendo-me ou querendo bater-me. Eu me lançava à agitação da vida como quem se mete num Carnaval, mas eu era um falso Pierrot, por trás da minha máscara não havia nada, as canções dos bailes não me feriam, pois a verdade de que eu me esquivava era simples: eu não era um deles, e Ernesto, em cujo rosto eu por vezes entrevia a caveira, quando brindava comigo, brindava com um fantasma de épocas perdidas, um ancião sem rugas, a criatura mais solitária do mundo.

Uma sombra caiu sobre os dias felizes. Ernesto não compreendia minha tristeza. Poucos meses depois a guerra acabou, Getúlio caiu, Carlos Becker foi solto e teve seus bens restaurados, voltando-me olhos assassinos. O Açaizinho virou, de novo, Açaí Becker. Ficou desagradável ser quem eu era. Sentindo mais uma vez que eu já não tinha lugar naquele tempo, solicitei ao diligente Ernesto trâmites financeiros e uma nova identidade. Tudo ele resolveu com presteza. Enquanto o mundo comemorava o fim do pesadelo, tratei de matar meu personagem e sair de cena. Antes de partir, para levar comigo uma lembrança dos anos dourados, devorei Ernesto.

4.

Com Ernesto no bucho, o cão da melancolia roeu minhas canelas. Andei vazando a federação, cortei cacau, abri picadas, merendei caminhoneiros. Habitando sempre o anonimato, fui de novo andarilho, como tinha sido com o Padre Mundim. Dormia ao relento. Um dia, voltei ao Rio, onde eu não pisava desde os mil e oitocentos. Fui à Praça do Imperador, olhei em derredor, e o que eu reconhecia me pareceu apequenado. O Paço estava em reformas. Aproximei-me do umbral, espiei o pátio, lá dentro dois peões discutiam futebol. Lembrei de bailes antigos. Circulei pelos arredores e ao fim fui descansar nos degraus da Antiga Sé, como quem busca o colo de uma velha inimiga, também ela derrotada. «A eternidade é uma lepra», eu disse às pedras. Então, do interior escuro da igreja, vieram-me as notas muito delicadas de uma música, como um cachorrinho mimoso que viesse me lamber as feridas. Segui o cachorrinho para dentro, sentei-me num banco. O violonista tocava uma suíte, o pé esquerdo num apoio de madeira, o braço do violão erguendo-se à maneira do violoncelo — parecia que menos tocava o violão do que o provocava à música. Cerrei os olhos e me deixei transportar para outra eternidade, não a minha, tristonha e apartada, mas uma eternidade luminosa e acolhedora.

Foi meu encontro com a Música. Um novo propósito me pegou pela garganta. Foi sempre assim comigo, desde quando vi aqueles batéis sulcando a areia da praia: quis ser pirata, conde, fotógrafo. Quando nenhum espírito me possuía, eu era um trapo velho, saco vazio soprado ao léu.

Passei anos nos cadernos de violão de Isaías Sávio, domesticando minhas mãos. Depois, bem-informado e despendendo dinheiro, pois nunca descuidei de tudo que minhas pepitas me deram, comecei a frequentar na Avenida Rui Barbosa o apartamento de Lenita Retzin, uruguaia radicada no Brasil, segunda aluna mais longeva de Segóvia. Lenita tinha abandonado os recitais por dores lombares crônicas e casara-se com um diplomata brasileiro. Viveu na Europa e no Oriente, até se estabelecer no Rio. Os estudantes que recebia em seu apartamento eram, na maior parte, adolescentes; aceitou-me porque eu pagava alto e porque gostava de chamar-me de «mi índio». Queria-me num duo com um dos adolescentes, recusei: sou solista, eu dizia. Estudava dez, doze horas por dia, numa dedicação inumana à ideia fixa. Foi dos tempos mais pacíficos da minha vida. Esquecia até de comer.

Ao cabo de uns anos, Lenita me disse que eu estava pronto para uma sala de concerto. Organizou um recital no Conservatório Brasileiro e reuniu grandes instrumentistas do Rio. Foi um sucesso. Defendi Scarlatti, Rameau e Villa-Lobos. Pouco depois, minha tutora me obrigou a participar do concurso da Associação de Imprensa. Eu não queria, ela insistiu: só uma vitória em um concurso me daria respaldo como concertista. «As pessoas têm a necessidade de saber de antemão que estão diante de uma ave rara, não de outro vagabundo da Lapa.» Só mais tarde ela me disse que meus concorrentes eram outros alunos seus. Toquei Frescobaldi, à minha maneira colorida e livre, achei-me imbatível, mas fui derrotado por um inquestionável Castelnuovo-Tedesco de Rodrigo Telles, rapagão forte de ombros largos e mãos grandes, então com dezessete anos. Às vezes nos cruzávamos na porta do prédio de Lenita. Ele me cumprimentava envergonhado. Vinha da Zona Norte a muito custo, tinha aulas com Lenita porque ganhara uma bolsa. Em uma ocasião, convidei-o para beber uma cerveja. Só falamos de Lenita e seus hábitos de mãe castradora. Era órfão de pai e mãe, como eu. Vivia com um tio que tocava tuba na banda do Exército. O rapazote mal tomou dois copos e foi embora ainda no começo da noite, com medo de perder o ônibus. Um coroinha, menino jesuíta.

Por essa época Lenita quis me apresentar ao compositor Mário Ribeyro. Era pernambucano, como meu saudoso Oliveira. Tinha escrito uma *Sonata brasileira* que ela achava que ficaria bem na minha mão. «Excêntrico, mas genial.» O encontro se deu num sarau em seu apartamento. Cheguei ao entardecer. Pelo janelão que ia do piso ao teto, via-se a Baía da Guanabara. A nata do violão carioca compareceu. Lá estavam também o pianista Francis Hime, o crítico Carlos Hernandez, o casal Francisco e Lidy Mignone. A pedido de Lenita, Manoel Castillo tocou algumas peças de Leo Brower, então jovem compositor cubano. O último a chegar naquela noite foi Mário Ribeyro, acompanhado de um suposto funcionário da Philips. Trazia um violão que ele próprio construíra com rara madeira venezuelana, vestia uma bata púrpura e sobre a cabeça ostentava um enorme cocar de penas de pavão. Entendi na hora por que Lenita queria que nos conhecêssemos: Mário Ribeyro era índio. Devia ter entre trinta e cinco e quarenta anos. Pelo que eu tinha ouvido falar, brotara no Rio com um saco de composições, segundo ele, «inspiradas nas matas». Senti na mesma hora o fastio do exótico. Ribeyro, pensei comigo, devia se apresentar cercado de orquídeas e samambaias. Com a presença dele, o clima do sarau mudou: onde Ribeyro estava, os circunstantes eram plateia; sua sociabilidade era performática. O crítico Carlos Hernandez claramente o detestava. Castilho ensacou o violão e foi beber à janela. Lá pelas tantas, Lenita falou mais alto do que todos, dizendo: «Mário, queremos a *Sonata brasileira*!». Ele não se fez de rogado: aboletou-se no encosto do sofá, de pés descalços, e tocou a sonata, pontuando-a de assobios que imitavam os pássaros nativos com uma proeza admirável. Era uma peça criativa, cheia de entremeios e digressões estranhas, e, de fato, evocava uma atmosfera selvática. Ao fim da execução, sentia-se que todos os presentes, exceto Hernandez, haviam perdoado a Ribeyro seu performatismo, pois não se poderia dizer que a sonata não era uma orquestração musical superior. Quando me despedi dele, ele me sorriu um sorriso estranho entre dentes podres e dentes de ouro.

Passei meses ensaiando a sonata de Ribeyro. Certa noite, ele próprio apareceu no meu apartamento e me mostrou como executar certas passagens, intenções que não podiam ser transportadas para a partitura, e os assobios. Me fez repetir até imitá-lo à perfeição. No fim da visita, empurrou-me contra a parede e contornou lentamente meu olho esquerdo com a unha comprida do polegar. Mordi seu lábio. Andamos por aí, na boêmia. Ribeyro dominava tanto o estilo clássico quanto os gêneros populares: em qualquer roda de choro ou samba, impunha-se; era querido e festejado. Eu tinha o que aprender com Mário Ribeyro.

Por essa época, chegou o concurso da Escola Nacional de Música, na Sala Cecília Meireles. Meu cavalo de batalha seria a *Sonata brasileira* de Ribeyro. O violão carioca compareceu em peso. Lenita calculava matar dois coelhos com uma só cacetada: introduzir Ribeyro no cânone, fazendo dele nosso Barrios, e, de quebra, consagrar mais um concertista de sua escola. Que eu tivesse os mesmos olhos de tupinambá de Ribeyro era, na avaliação dela, o toque poético perfeito.

Subi ao palco, sentei-me e abri o recital com uma ária de Bach transposta para o violão por mim mesmo — um pequeno luxo. Depois, ataquei a *Sonata brasileira* — arpejos, assobios, espanadas, tudo. A música fluiu de mim com absoluta naturalidade, sem hesitações ou notas mal pisadas: era o samba-canção das minhas noites com Ribeyro. Quando silenciou o último acorde, o primeiro a gritar foi ele próprio, um urro macacal de aprovação. Fui aplaudido de pé por vários minutos, e muitas coisas passaram pela minha cabeça. Aquele concurso podia me lançar a uma carreira internacional. Vencendo, talvez em poucos meses eu me visse num avião rumo à Europa, onde abundariam novas carnes para a minha fome. Como bis, toquei de Falla, extraindo do violão toda uma pequena orquestra de timbres e cores. Quando as luzes se acenderam, deixei o palco atordoado, convicto de que me saíra melhor do que a encomenda, pois toquei a sonata com fúria, sem medo nenhum de errar. A selva que Ribeyro sonhou foi comunicada. Lenita me abraçou e me disse que aquele havia sido um recital histórico. «A noite é sua», ela disse. Desci do palco como quem entra num sonho e rodeei o público, recebendo felicitações. Ribeyro aproximou-se de mim, abraçou-me por trás e me ergueu na frente de todos. Disso não gostei. Decoro é tudo.

Depois de um intervalo de quinze minutos, as luzes se apagaram de novo, e todos voltaram aos seus assentos. Rodrigo Telles subiu ao palco, com suas mãos enormes e seu jeito tímido de garoto de subúrbio. Com uma *Chaconne em ré menor* milagrosa, venceu de novo, por um voto a mais. Ao fim da premiação, Lenita, triste por mim, me disse que eu desse tempo ao tempo, que no ano seguinte Rodrigo participaria do concurso da Rádio-Televisão francesa, o mais importante do mundo, e que eu me inscreveria de novo para o prêmio da ABI; sem Rodrigo no páreo, eu venceria. Procurei Ribeyro no banheiro, nos camarotes, nos botequins ao redor da Sala, não encontrei: desaparecera na noite.

Na saída, Lenita e parte do público se dirigiram ao Prazeres, bar-restaurante das redondezas. O rapazote Rodrigo Telles declinou o convite de Lenita. Também dispensei e, deprimido, caminhei da Sala Cecília Meireles até a Rua Paissandu, onde ficava meu apartamento. Desconfiava que eu não voltaria a ver Ribeyro tão cedo; segundo Lenita, algo parecido acontecera havia alguns anos, outra sonata, outra premiação, outro concertista. Amargurado, Ribeyro romperia com o Rio. Fui parando e bebendo nos botecos do caminho. Perto do Largo do Machado, dois moleques solicitaram meu violão. Eu entreguei. Ao longo do trajeto, fui me apaziguando: a *Sonata brasileira* jamais venceria; no júri, para piorar, estava o Carlos Hernandez, desafeto de Ribeyro. Foi um delírio de Lenita, que não previu a mediocridade do meio cultural carioca — uma mediocridade que nunca deveria ter me iludido, pois eu a conhecia havia muitos séculos.

Quando cheguei ao meu edifício, eram quase quatro da manhã; o elevador estava enguiçado. Subi os cinco lances de escada. Tudo que eu queria era desmaiar na cama e dormir uma década inteira, mas, quando alcancei esbaforido meu apartamento, a porta estava destrancada. Senti cheiro de álcool e urina. O que esse puto aprontou, pensei comigo. «Ribeyro!», gritei, e me meti no quarto. A cena me indignou, mas me fez salivar: o efebo Rodrigo Telles amarrado e amordaçado sobre a cama. Ribeyro de joelhos, pastando. Quando me viu, arqueou-se e se virou, sorrindo, seus olhos vermelhos, os dentes de ouro escurecidos pelo sangue.

Entre bofes, ele me disse:

— Eu esperei. Você demorou.

5.

Desci o rio com uma expedição da Frente de Proteção Madeira-Purus, na região do Alto Hahabiri. Pulamos do barco e nos embrenhamos. Na companhia daqueles brancos, senti-me como naquele tempo, com Padre Mundim e os jesuítas. Mas agora a selva me era estranha. Amofinei nas cidades. A cada passo, eu me feria; a mata, brava comigo, me repelia. Havia vários meses eu corria léguas a esmo: do Ceará cortei o Piauí, no Tocantins me aboletei num caminhão, passei o Pará, fui bater em Lábrea, às margens do Purus. Eu farejava meu destino no vento.

Na Rua Paissandu, Ribeyro me ofereceu nacos do coração do adolescente — «para você aprender a tocar» — e me contou entre porções do adolescente que, tão logo me pôs os olhos no apartamento de Lenita, desvendou o meu segredo. Esse também aspirou a fumaça do *pa'ye*, bebeu sua mistura, pensou. Relatou peripécias parecidas, andanças sem fim em que encontrou de tudo, menos a fortuna, pois não teve meu tino e descuidou das pepitas: andou por muito tempo pobre e maltrapilho, lutou no Paraguai, levou bala no peito e não morreu. Foi alferes, bilheteiro, boxeador. Em uma ocasião nos oitocentos encontrou outro de nós, capataz que se fez Barão e foi para as Europas. Não tinha ideia de quantos éramos. Disse que me seguiu pela Lapa, remexeu meu lixo, os sacos de papel onde eu embrulhava dentes acusaram meus gostos. Para ele, não era ritual, nem gula, mas guerrilha de entranhas: estava desde os 1500 jantando colonos, mas eles eram muitos, e sua barriga, uma só. Eu lamentei o adolescente. «Saboroso e tenro», ele disse. Aproximou-se de mim com as mãos sujas de sangue e acariciou meu rosto. Lambi seus dedos. Saboroso e tenro. Vivemos juntos por muitos anos, Ribeyro e eu, até que, em Paraty, traficantes da Ilha das Cobras lhe cortaram a cabeça. Por pouco salvei meu pescoço. Fui para bem longe.

Numa pizzaria em Canoa Quebrada, vi a notícia no *Jornal Nacional*, num televisor suspenso sobre o balcão de madeira compensada: *Tribo registrada pela primeira vez em Lábrea, Amazonas.* Segundo a reportagem, a tribo consistia em um homem só. Eu também sou tribo, pensei, rindo, bebendo outro gole de cerveja. Saí da pizzaria, desci a falésia, fui caminhar na praia. Numa barraca havia reggae, luzes e álcool. Bebi e dancei. Os turistas eram doces comigo. Agora meus olhinhos de tupinambá comoviam. Dois moços de íris azuis me abraçaram, ofereceram-me cachaça e comprimidos. Tomei um e morri de amores por eles, pelas falésias, pelas estrelas. Cheguei em casa às cinco da manhã, o céu clareava, com rasgos cor-de-rosa. Eu não tinha me esquecido. Abri o Google, conferi as fotos aéreas: na segunda delas o homem olhava para o alto, para a criatura de metal alada. Cliquei na imagem, ela se ampliou. Não sei se foi o comprimido, mas chorei, emocionado: era o *pa'ye*.

No Purus, os funcionários da Funai referiam-se ao indígena como «o isolado do Aracuã». Aracuã era um morro. De tempos em tempos o avistavam. Numa tentativa de contato, atirou flechas. Plantava mamão e milho, caçava. Associaram-no aos seis da terra assassinados havia quatro anos por fazendeiros da região. Desses depois quero nome, cara e tripas, pensei. Num fecho de mata eu me separei da expedição, rasguei minhas roupas e andei sempre no rumo do Aracuã. Escureceu. Fui picado de cobra, feri o rosto em cipós espinhosos, tive febre. No meu delírio, segui sempre caminhando, vez por outra esbarrava num jesuíta que me dizia *sangue de Cristo*, até que depois de cem luas vi a barra do Irapó. O *pa'ye* encimava uma pedra musgosa. Cambaleei e caí. Ele me pôs no colo. Sem abrir a boca, olhando-me fundo nos olhos, disse: «*Eçaraia*, saciaste a tua fome?».

Os gatos

Eram dois gatos sem estirpe, resgatados numa pracinha do Sumaré. Hoje fazem pose, mas que jamais se esquecessem: *dependentes*. Eram coisas assim que Andressa dizia, zombeteira, sem saber que os magoava. Alberto Caeiro e Álvaro de Campos agora a circundavam, roçando o pelo por seus braços brancos e roliços.

Andressa, largada na poltrona à janela, parecia sonhar acordada. Foi Alberto quem falou primeiro:

— Nossas perspectivas não são boas, Álvaro.

— Eu sei que não, Alberto.

Andressa amava aqueles gatos, mas, acima de tudo, amava seus nomes. Nunca havia sido uma grande leitora, sobre a mesa de cabeceira a pilha de livros acumulava pó, mas lembrava do Pessoa dos tempos de colégio, os heterônimos com mapa astral — Álvaro, Alberto, Ricardo. Seria a trinca perfeita, mas o dinheiro era curto. Teve de escolher. Em dias melancólicos, pensava naqueles nomes como o grande lampejo que teve na vida. O que até comovia Alberto Caeiro e Álvaro de Campos, pois, apesar das ressalvas que faziam rotineiramente à dona, ao modo pouco previdente com que Andressa levava a vida, ambos lhe eram devotados — quase «caninamente», como diziam um ao outro, cheios de vergonha. E nessa devoção havia, sim, admiração. Pois Andressa não era um desastre completo. Estavam sob ameaça de despejo, é verdade, por responsabilidade de Andressa. Mas a dona tinha seu brilho. Havia a beleza de seu rosto. E, sobretudo, apesar de tudo, Andressa haveria sempre de ser a salvadora dos dois.

— Esse apartamento, Álvaro, é nosso Éden.

— Fale em português, Alberto.

— Éden é português, Álvaro.

Alberto quis argumentar que algum conhecimento da cultura humana era necessário à sobrevivência felina. Álvaro discordou:

— Eu vivo no presente.

Era verdade. Afinal, eram gatos. Não respondiam a relógios e calendários. Mas Alberto não concedeu:

— As palavras também existem no presente, Álvaro. Inclusive *neste* apartamento. E este apartamento é nosso Éden.

— Éden, então, é um refúgio aconchegante, com leite e ração à vontade, almofadas e tapetes. E uma janela onde bate sol.

— Exato. Éden. Do hebraico: «prazer».

Álvaro deu de ombros. Não era filólogo. O que lhe apetecia eram as manhãs ao sol, o leite na tigela, a poltrona que Andressa agora monopolizava. Lembrava bem da chegada do móvel. Pelo interfone, Andressa mandou os carregadores subirem. E disse para Álvaro e Alberto: «A partir de hoje, a vida nessa casa muda. Teremos luxo e *conforto e luxúria*». Era uma poltrona reclinável em couro natural bovino, encosto e assento com tecnologia *softspring*. Disputas eram recorrentes, até certa mesquinharia, mas a glória mesmo era sentarem- -se os três juntos, numa manhã de sol invernal. Alberto achava que deviam se chamar Jules e Jim — alcunhas mais representativas da natureza do relacionamento dos três. Mas Andressa nunca tinha visto *Jules & Jim*. Muitos anos atrás, universitária recém-ingressa, ensaiou um inte- resse pelo cinema francês. Mas não foi muito longe. Viu um ou dois filmes de Godard. E ficou por aí. Já Alberto viu *Jules & Jim* sob o doce toque de Luana, irmã mais nova de Andressa. Luana às vezes brigava com a mãe e pas- sava temporadas acampada no sofá da irmã mais velha. Álvaro não gostava; dizia que a harmonia do apartamento se perdia; para Alberto, era a felicidade suprema: gostava dos carinhos de Luana, cujas tendências cinéfilas eram genuínas; os dois varavam madrugadas entre franceses, italianos e até, ocasionalmente, brasileiros, embora desses Alberto não gostasse tanto, por razões que ele não tinha pudor de explicitar: não queria notícias do Brasil; conheceu o Brasil suficientemente bem em seu primeiro ano de vida. Para Alberto, o Brasil era uma barbárie que acontecia nove andares abaixo, uma calamidade que ele por vezes observava, com calafrios, do alto da janela, mas que daria tudo para esquecer. Sua pátria era o apartamento de Andressa.

— Pois é — vaticinou Álvaro —, perderemos nosso Éden.

A palavra reluziu, e Alberto saboreou o que lhe pareceu uma vitória: o irmão acrescentou o Éden ao seu presente.

— Talvez não.

— Eu sei que é mais difícil para você do que para mim, Alberto. Você é mais *delicado*. Mas, por favor, comece a processar os fatos.

Havia esse ranço entre os dois: Álvaro, mais velho, só foi resgatado da rua aos dois anos de idade. Viveu atrocidades que Alberto, resgatado antes, não podia nem sequer imaginar. Mas recusava toda leitura que o enquadrasse como uma criatura do *trauma*. Sim, a rua, e o que sofreu na rua, deixou cicatrizes e moldou seu caráter; era mais áspero, mais arredio, tinha mais das panteras, dos tigres, dos guepardos do que Alberto, que se civilizava nas noites com Luana e às vezes parecia cultivar certa empáfia decadente. Cabia a Álvaro, com sua sadia aversão ao esteticismo, a dureza dos fatos.

— Andressa é uma demente.

— Não fale assim, Álvaro.

— Mas é. Claro que é. Pôs tudo a perder.

— O acaso rege os homens, Álvaro.

— O caso aqui não foi de acaso, Alberto. Foi um longo fio de escolhas ruins, as escolhas de uma idiota.

— Carlos, por exemplo — concedeu Alberto.

— Sim, Carlos.

Carlos era o ex-namorado de Andressa. Apresenta-va-se como cineasta. Andressa, ponderava Alberto, jamais deveria ter dado dois segundos de atenção a um galinho que se dizia cineasta — cineasta sem filmes. *Videomaker*, no máximo. Mas a verdade é que Carlos não passava de um exibicionista. E pior: exibicionista recalcado, que buscava dominar no amor o que não dominava na arte. E que viu em Andressa uma presa fácil. Em menos de um ano de namoro, Andressa rompeu com a mãe. E rompeu repetindo argumentos aprendidos com Carlos: *A verdade, mãe, é que você nunca aceitou que minha vida fosse melhor do que a sua.* Esse era o tema principal, a ária da qual derivavam as variações. Obviamente, depois disso, a mãe não dirigia a palavra à filha. E cortou todo o auxílio financeiro. Andressa não passava tão mal, mas era freelancer — às vezes não faltava serviço, outras vezes se abatia a seca, o deserto; arquiteta, nunca se adaptou à vida de escritório, dormia tarde, mas era boa de Autocad e auxiliava projetos de outros arquitetos — pendurava-se com esforço no galho informal de um ramo por onde corria algum dinheiro, e com isso mantinha o apartamento e pôde até comprar em parcelas a poltrona reclinável de couro natural bovino. Só que por vezes o aporte maternal era necessário, e essa fonte havia secado, graças a ele, Carlos, o autoproclamado cineasta, que na primeira visita à mãe de Andressa não se sentiu *prestigiado*.

— Tudo o que eu queria era rasgar a cara daquele Carlos — disse Álvaro, entre dentes.

— Entendo o sentimento.

— *Agora* você entende. Na época você caiu no papo do malandro. E sabe por quê? Porque você gosta de dizer coisas tipo Éden.

— Álvaro!

A noite tinha começado a cair. Noite de lua cheia, como ouviram Andressa comentar, já não lembravam bem quando, mas só de olhar pela janela sabiam que não teriam notícia nenhuma da tal lua cheia, pois o céu estava escuro,

44

grandes blocos de nuvens pairavam nas alturas, amontoando-se, compondo uma imensa nave-mãe umbrosa. Era a hora da meditação de Andressa, quando ela largava o computador, preparava chá de hortelã e bebia; depois, largava-se na poltrona e respirava fundo, tragando os sons da cidade — os ônibus, as motocicletas, o grito de um lixeiro que o vento trazia lá de baixo, um pedacinho solto da vida. Nessas horas, Álvaro e Alberto costumavam sentar e observar Andressa, admirando em transe seus cachos avermelhados, a boca fresca, os peitos grandes e pesados debaixo da camisola azul. Um fascínio quase zoofílico.

Álvaro saltou do encosto da poltrona para o parapeito da janela e, descansando o focinho na rede de proteção, observou a cidade lá embaixo. A pequena humanidade, com seus recursos: grades, asfalto, cabos de alta-tensão. Viu um irmão felino escalar o muro do prédio vizinho. Coitado, pensou. Nunca conheceu um Éden. Mas se corrigiu: Melhor nunca conhecer o Éden do que conhecer e perdê-lo. Que vida difícil, a dos gatos! Não tanto, ele tinha de admitir, quanto a dos bois e das vacas: até onde sabia, não existiam poltronas reclináveis com couro natural felino. E talvez fossem insensíveis, Alberto e ele, por nunca considerarem a crueldade de viver momentos tão felizes naquela poltrona reclinável, toda ela revestida do couro de *animais irracionais*, como gostavam de dizer os homens. Talvez, pensou Álvaro, estivesse aí a raiz da nossa ruína: não apenas o pilantra, o canalhinha, o filho-da-putinha do Carlos, mas também essa poltrona, marca da dominação humana na Terra.

Álvaro saltou do parapeito para a mesa de centro, derrubou a xícara de chá que Andressa deixara ali ainda meio cheia. Em outras circunstâncias, jamais cometeria aquele deslize. Mas estava cansado e deprimido. Não gostava de mudanças, e agora seriam despejados, todo o pequeno universo que os três haviam construído ao longo dos anos seria expulso dali para sempre. Viveriam sabe Deus onde, abrigados, talvez, pela mãe de Andressa, sob uma pesada carga de vergonha e humilhação. E o pior: esse seria o final feliz. Luana estava em Roma. Porque Luana, sim, sabia viver. Não gostava de suas longas estadias, mas tinha de admitir: Luana jamais se envolveria com um Carlinhos. O cineasta não tinha onde cair morto. Luana, apesar de todos os filmes franceses, gostava mesmo era da França real, da Paris física, e de Roma, e de Mykonos, e sei lá mais do quê. Jamais se contentaria em frequentar instalações em prédios desvalidos no centro da cidade. Jamais teria sua vida emocional estraçalhada por um Carlinhos, jamais romperia com a mãe endinheirada por um Carlinhos. Não seria *burra, burra, burra*.

Álvaro tentou controlar os pensamentos. Sentia-se mal, até meio zonzo. Certa memória felina das ruas lhe retornava. Saltos, garras, presas afiadas.

— Alberto.

— Não, Álvaro. Não.

Esse tempo todo Alberto tinha-se mantido ao pé do ouvido de Andressa, roçando os bigodes nos cachos ruivos da dona, como se auscultando em busca de pensamentos. Ali de cima entrevia os peitos volumosos onde gostava de se aninhar, inebriado pelo cheiro da lavanda pós-banho. Por que romper com a mãe? Por que perder os prazos, Andressa? Por que não pensar na nossa boa vida, a tríade feliz, nosso acorde perfeito? Que importa o mundo lá fora? Que importam Carlos e as exposições infectas, com suas serpentes mexeriqueiras? Lá fora só existe ódio, ódio e rancor e miséria. É o Brasil, Andressa!

— Alberto.

— Ainda cabe esperar.

— Não tem o que esperar, Alberto. A mãe não vai telefonar nunca.

— Luana.

— Luana está em Roma, Alberto. Vai mandar uma mensagem pelo celular e esquecer.

— Vamos esperar.

— Alberto. *Vamos.*

Era inútil resistir. Álvaro era mais forte, mais — sendo franco — *animal* do que ele. Numa disputa, sempre o dominaria. Aquele era o destino de Álvaro, que agora se completava. Não era, certamente, o *seu* destino. Mas para que mentir? Também se sentia zonzo, confuso, fraco — a fome o apertava. Eram dois, três dias? Não sabia. Quando saltou da poltrona para a mesa de centro, derrubou o frasco de comprimidos. Sobraram dois apenas. No chão, pondo-se ao lado de Álvaro, Alberto olhou para Andressa. Não havia dúvida: um rosto estupendo. Foi uma pessoa limitada, sim, mas o rosto era uma obra-prima inegável, mesmo naquele estado. Só que agora era como se o olhar de Alberto visse tudo por uma película vermelha. Tudo se tingia vagamente de sangue. O cheiro era ruim, e piorava. Era melhor se entregar de vez — ao vermelho, ao cheiro.

— Álvaro.

— O que foi, Alberto?

— O rosto, não.

Álvaro ponderou:

— *O rosto por último.*

História da feiura

Coesão

Quando contei que a decisão estava tomada, dra. Letícia me disse que o procedimento era inútil: na mesma semana eu me sentiria feio de novo, pois a enfermidade era coisa da minha cabeça. Pensei numa tia que fez gastroplastia endoscópica e, passados seis meses, voltou a engordar. A feiura não é diferente de uma fome que não passa.

Segundo dra. Letícia, um contorno mandibular bem definido não mudaria meu jeito de ver o mundo e a mim mesmo. Só que não se tratava apenas de uma mandíbula angulosa, era também o prolongamento geral do mento, a reposição malar, a remoção criteriosa de manchas. Fui à rainha da harmonização facial em Fortaleza, Marina Leite, cirurgiã-dentista. Meses a fio eu tinha namorado as postagens de Marina. Ela própria, centroavante irrefutável, fazia discretos preenchimentos pontuais, optava pelo ácido hialurônico, biocompatível, absorvível pelo corpo. A pele não ficava apenas mais bela, ficava mais saudável também, o ácido recuperava estruturas degradadas do tecido. Uniformização era mito: dra. Marina avaliava as proporções peculiares de cada rosto, propunha hipóteses no software de composição facial, hipóteses verossímeis, que levavam as possibilidades do meu rosto à melhor solução. Depois de uma conversa demorada, dra. Marina me olhou nos olhos e disse que era hora de ser franca: o que ela me oferecia não era um rosto bonito qualquer, embora ela pudesse me dar um rosto bonito qualquer; o que ela me oferecia era o meu verdadeiro rosto. *O plano inicial da natureza, é o que quero e posso te dar*, ela disse. Segundo dra. Marina, havia um rosto bonito oculto no meu rosto feio; por alguma razão, no laço final que tramaria o todo pelas partes, tudo ficou fora de lugar, desconjuntado. O nó ficou frouxo. *Coesão, é com isso que trabalho.* Um rosto precisa ser bem amarrado. Como não concordar?

Etiologia

Lembro perfeitamente de como descobri que eu era feio. Minha mãe me protegeu o quanto pôde. Pelas fotos de infância — poucas, aliás — fica clara minha precocidade. Na maternidade, apesar do meu desamparo, minha nudez ensanguentada, suspeitas já devem ter sido levantadas. Mas mamãe me acolheu e com certeza viu em mim uma fofura preciosa. Quando me envolveu nos braços, eu logo devo ter buscado seu mamilo, e diz ela que mamei fácil, que nasci morrendo de fome, mas não creio que fosse fome, era intuição de que outra teta farta e boa não me seria oferecida com tanta candura na vida. Eu a apalpei, me localizei às cegas, encontrei o mamilo e chupei.

Mas, aos sete anos de idade, meu pai assistia na sala à final da Copa do Mundo de 1998, e eu no meio de um lance me levantei e com uma bola imaginária me pus a explicar a papai, então correto funcionário do Banco do Nordeste, como Ronaldo Nazário poderia fazer um gol contra os franceses, pois era muito fácil, e a título de explicação coreografei, na frente do aparelho televisor, um gol que seria de placa, só que a bola nunca chegou a balançar as redes, pois meu pai, num de seus brutais acessos de ira, gritou: *Sai da frente, praga feia dos infernos!*

A frase passou por cima de mim como um caminhão. *Praga dos infernos* bastava, já tinha aí a dose adequada de ira. Mas não chegava a ser uma ofensa pessoal. A expressão é tão comum que não pesa, entraria por um ouvido e sairia pelo outro. Mas meu pai não se contentou com isso. Buscou um veneno a mais, um toque realmente perverso, e nesses casos é preciso sempre apelar à verdade. Praga *feia* dos infernos. Será que eu já desconfiava que era feio, por isso o qualificativo grudou no meu ouvido? Eu percebia

50

que outras crianças eram mais festejadas. Saí constrangido da frente do televisor. Não vi nenhum gol de Zidane. Desde então, eu soube que, no campo da beleza, eu jamais passaria de um zagueiro bronco, incapaz de sair jogando com tranquilidade.

Amantes descombinados

Nos meses que precederam minha decisão, eu estudava no Brâmanes, um cursinho preparatório para concursos na Avenida Dom Luís. No térreo da torre onde eu frequentava as aulas, entre uma barbearia e uma ótica, uma pequena livraria vendia best-sellers de aeroporto e material didático. Vez por outra apareciam surpresas. Um dia cheguei mais cedo, fui olhar os livros e encontrei de pé na bancada central um pesado volume em capa dura e papel cuchê: a *História da feiura*, de Umberto Eco. Peguei o livro, com o coração levemente acelerado, e analisei a capa: segundo a orelha, o que eu via ali era uma reprodução de um quadro pintado no século XVI, *Os amantes descombinados*, de Quentin Massys. Na pintura, um velho de nariz protuberante e olhinhos maliciosos preparava-se para beijar uma donzelinha branca como a neve, que aceitava tudo com deleite, inclusive a mão do velho que já apalpava seu peito; a donzelinha olhava para o amante descombinado com uma expressão que parecia desejo, mas que tinha algo mais, um toque de quem brinca com fogo, de quem diz: *Venha, monstrinho*. Um viés zoófilo. Mas numa coisa eu concordava: o velho era simplesmente feio. Já vi deformidades passarem por feio, quando o feio não é o monstruoso, não são equivalentes. E o amante descombinado era, com toda certeza, feio. A feiura era ressaltada pela velhice, mas ainda assim o que se via ali era a feiura.

Sentei e li a introdução. Era o tipo de livro que me interessava quando eu era um jovem estudante universitário, mas que hoje me dava tanto sono quanto os manuais de Direito Tributário. Uma citação de Hegel sugeria um argumento relativista que eu odiava: «... ouve-se dizer com frequência que uma beleza europeia desagradaria a um chinês ou mesmo a um hotentote, embora o chinês tenha um conceito de beleza inteiramente diverso daquele do negro...».

Dra. Letícia mais de uma vez tentou puxar essa cartada antropológica. Eu tinha minhas dúvidas. De todo jeito, ainda que fosse esse o caso, e as belezas e feiuras fossem muitas, e nunca pudéssemos captar todas, o fato de que os feios do Benim não eram como os feios de Beijing não fazia diferença nenhuma na minha vida. Na China eu seria feio, no Benim seria feio, como já sou feio em casa. Posso beber dois litros de relativismo, isso não vai mudar.

Logo depois de Hegel, uma citação de Marx, também equivocada: «... minha força será tão grande quanto maior for a força do meu dinheiro. [...] Sou feio, mas posso comprar a mais bela entre as mulheres. Logo, não sou feio, na medida em que o efeito da feiura, seu poder desencorajador, é anulado pelo dinheiro».

Puxei o celular e busquei uma foto de Marx. Era difícil dizer com aquela barba desgrenhada. Mas um *sketch* de um jovem Karl indicava, no mínimo, um meio-campista. Fazia sentido, pois aquele não era o pensamento de um feio. Um feio jamais concluiria: logo, não sou feio. Sim, pode até ser que o dinheiro compre «a mais bela entre as mulheres». Mas as belas mulheres são apenas uma consolação. O que o feio deseja é corrigir toda a sua vida.

Fiquei parado no corredor da pequena livraria, decidindo se comprava ou não o livro. Pelas paredes espelhadas eu via os ônibus passando pela Avenida Dom Luís. A feinha no balcão mexia no celular. Talvez alguma informação ali fosse útil — relatos de outros feios ao longo da história. A feiura também merece testemunho. Um Museu da Feiura. Seria terapêutico ler o que escreveram. Mas o livro custava cento e setenta reais. Deixei para comprar quando passasse num concurso.

52

O feio e o ridículo

Na classe, havia certo consenso de que eu era um dos candidatos mais fortes. A certa altura, o edital que esperávamos saiu, redobramos nossos estudos, e eu fui muito bem em um simulado dificílimo, preparado segundo o modelo da banca que elaboraria nossa prova. Na análise semanal com dra. Letícia, ela me estimulou a «saborear as pequenas vitórias».

Segundo dra. Letícia, minha baixa autoestima me impedia de acreditar que eu tinha direito de ser feliz. Ela nunca me dizia isso categoricamente: era apenas uma sugestão, destilada quase como um veneno. Mas, se eu enfiasse uma arma na cabeça de dra. Letícia e a obrigasse a me dar uma frase, seria essa: *Sua baixa autoestima o impede de acreditar que você merece ser feliz.* Não era uma análise original, nem teria como ser, já que envolvia uma pessoa cuja grande questão era ser feio. Os feios são maioria, eu devia me resignar e seguir em frente. Então não era culpa da terapeuta se minha psique era infantil. Por isso, para dra. Letícia, minha obsessão *com o que eu acreditava ser* — era assim que ela construía a frase —, ou seja, minha obsessão com minha feiura, era, obviamente, apenas uma fachada para o meu verdadeiro problema, que não era o *eu sou feio*, mas o *eu não mereço nada*, um sentimento cujas raízes estavam cravadas na rejeição do meu pai. Se conseguíssemos me demover desse *eu não mereço nada*, meu investimento emocional na minha feiura diminuiria paulatinamente. O sapo viraria príncipe, não aos olhos de uma princesa, mas aos seus próprios olhos. Infelizmente, todas as princesas continuariam enxergando apenas o anfíbio rugoso de olhos esbugalhados e língua nodosa.

Como todo feio é — ou deveria ser — um cético, a conversinha da dra. Letícia não me convencia. Só que, já desde as primeiras sessões, a que recorri justamente depois da morte do meu pai — *causa mortis*: infarto no dia das eleições presidenciais —, entendi que, se não me curaria, dra. Letícia poderia ser ao menos uma válvula de escape. Eu gostava de ouvir suas insinuações otimistas. Salvo quando ela questionava minha feiura, coisa que ela também não fazia diretamente, mas que se entrevia em seu fraseado, como quando falava do que eu *acreditava* ser. Ouvir esse tipo de coisa me doía, pois sempre me vinha uma pontada de esperança de que fosse verdade, a esperança de que dra. Letícia não apenas me ajudaria a *conviver* ou *acomodar* meu feiume, como me ajudaria a ver, pela primeira vez na vida desde que minha mãe me pegou no colo, que eu, na verdade, não era feio. Era precisamente o que eu não queria sentir. Pois nessas ocasiões me vinha uma vontade ridícula de perguntar, de novo, pela milésima vez, para ela e para o mundo: *Mas, então, eu não sou feio?*

O cargo

Numa sexta, ao final de uma exaustiva semana de estudos, a classe inteira foi ao Bonzinho, o boteco da esquina. Quem se sentou ao meu lado foi Oriana, a beldade inequívoca da sala. O nome até hoje me intriga. Nome de pedra preciosa: ametista, turmalina, oriana. Ou planta tropical: passiflora, camedorea-elegante, *Arcanum oriana*.

A presença de Oriana nos enobrecia: se Oriana estava em nossa classe, não éramos, não poderíamos ser tão patéticos. Além de tudo, junto comigo, Oriana era uma das concorrentes de peso. No Bonzinho, Ana Renata, a número dois, de beleza mais corpulenta e voluptuosa, sem a esbelteza delicada e rica de Oriana, achou uma oportunidade de dizer: *Vocês dois com certeza vão passar, estamos aqui bebendo com gente importante*. Todo mundo riu, eu ri. Oriana disse que não era bem assim, o melhor era sempre se preparar para o pior. Eu discordei, repetindo o que aprendi com dra. Letícia: era preciso mentalizar uma realidade plausível, e, numa realidade plausível, nós tínhamos dado o sangue — o concurso é um vampiro —, o conteúdo estava na ponta da nossa língua, então era ir à luta com discernimento, sem derrotismo. Quase pensei em mencionar explicitamente dra. Letícia, pois de uns tempos para cá ficou bem-visto falar que se faz terapia, ser *uma pessoa analisada*, mas mesmo isso era privilégio das pessoas bonitas. Um bonito podia dizer *minha analista isso, minha analista aquilo* sem mais constrangimentos, ao passo que um feio falando *minha analista isso, minha analista aquilo* sempre dava a impressão de uma pessoa esquisita, alguém que necessitava de acompanhamento psicológico.

Na mesa, todos gostaram do meu discurso contra o derrotismo. Brindamos: *Ao Cargo!* Era uma brincadeira da classe: estávamos sempre evocando o Cargo, a estabilidade do Cargo, a aposentadoria integral, os benefícios. Se alguém pedisse um favorzinho qualquer em sala ou no Difusos e Coletivos — nosso grupo de mensagens, uma brincadeira com os direitos difusos e coletivos —, fazíamos estardalhaço: *Mas você tem Cargo para pedir uma coisa dessas?* ou *Ouviram essa do fulaninho? Acha que tem Cargo!*

Emparelhados como candidatos fortes, por toda a noite Oriana me observou de soslaio, mas não alimentei nenhum sonho. A imaginação é a maior inimiga do feio. Além disso, não era a primeira vez que ela me olhava, e eu tinha minhas suspeitas. Antes de começar a estudar para concursos, trabalhei em um escritório que assessorava empresas em licitações e contratos administrativos; um dia, surtei no trabalho e fui demitido. O vídeo do meu surto circulou pela cidade. No cursinho, ninguém deu notícia disso. Mas Oriana vez por outra me observava como se me reconhecesse. Eu dava de ombros. Procurava evitar esse tipo de paranoia e, graças à dra. Letícia, conseguia. Minha feiura era preocupação suficiente.

No fim da noite, caminhei sozinho para o ponto de ônibus. Do outro lado da Avenida Dom Luís, uma banda tocava hits sertanejos numa churrascaria entupida de gente. Meu ônibus não passava, e, lá pelas tantas, tocaram um sucesso de Diego e Victor Hugo: *Todo dia uma feiura / todo dia uma saudade, um porre / todo dia uma mistura forte.*

Todos os homens são feios

Outro dia em que cheguei mais cedo ao cursinho, fui de novo à livraria. O exemplar da *História da feiura* continuava lá. Peguei o livro, sentei num banquinho de madeira e li mais um pouco. Era uma porcaria de livro. Tinha monstros, quimeras, aberrações. A feiura propriamente dita só raramente dava as caras. Mas, folheando, localizei uma citação boa. Um texto de 1591, de uma tal de Lucrezia Marinelli, poeta veneziana. Uma defesa da beleza das mulheres contra a feiura dos homens: «Pois *todos os homens* [grifo meu] são feios, quero dizer, em comparação com as mulheres; não são eles, portanto, dignos de serem correspondidos por elas».

Ainda não era o que eu buscava, um testemunho de um irmão ou irmã em feiura. Mas por um momento eu quis acreditar: todos os homens são feios; eu sou um homem; portanto, sou feio. Minha feiura era apenas uma fatalidade silogística.

A confissão

A prova se aproximava. Numa das últimas semanas de aula, topei com Oriana no térreo da torre. O professor de Tributário havia faltado, e fomos liberados. Depois daquela ida ao Bonzinho, conversamos mais, embora sempre em sala, em geral discutindo temas da prova, questões de múltipla escolha etc. Naquela noite, no térreo da torre, falamos da concorrência altíssima, dos candidatos que vinham de outros estados, do Rio Grande do Sul, do Espírito Santo, de Minas, gente sonhando em morar numa cidade banhada pelo mar e pelo sol o ano inteiro, com salário polpudo, todos animados para dar entrada em um apartamento de luxo e ocupar o posto de nova classe média alta de Fortaleza. Eu disse que algumas vagas seriam desses forasteiros, sim, mas que as *nossas* eram *nossas*. No momento o grande problema era conter a ansiedade. Nisso, para minha surpresa, Oriana disse que tomava ansiolíticos. No último mês, conversara com o médico, que aumentou sua dose. Fiquei surpreso por Oriana compartilhar comigo uma informação de foro íntimo como se fosse uma coisa muito natural. Eu, acompanhando sua franqueza, falei que tinha uma «longa história» com Apraz. Ela se interessou:

— Ainda toma?

— Parei, voltei, parei.

— Eu tomo Diazepam — ela disse.

— Já tomei Diazepam. Fluoxetina também.

— Depressão?

— Mais complicado.

— Mais complicado do que *depressão*?

— Depressão *e outras coisinhas* — eu disse, num meio-sorriso.

Ela olhou para o outro lado da avenida, passava um bonde colorido levando crianças. Um Homem-Aranha rebolava ao som de um funk. Oriana vestia um casaquinho azul por causa do frio do ar-condicionado em sala, e agora esticava as mangas, que cobriam suas mãos, dando-lhe um toque infantil. Era a ternura em pessoa. Filhinha de papai dos pés à cabeça. De súbito, me acertou um cruzado na boca:

— Levantei sua ficha.

— Minha ficha?

— O lance no escritório.

Engoli em seco. Minha cara, desfigurando-se, deve ter alcançado uma fealdade inédita. Mas *como*, perguntei.

— Estudei com o Marcelo no colégio.

Cello, claro. Fortaleza é um ovo. No dia do Bonzinho, batemos uma foto. Eu jamais proporia uma foto, e, mesmo quando Ana Renata, a corpulenta gregária, propôs, tentei dizer *depois, depois*, mas nisso a turma toda já foi se aglomerando bebadamente para o clique, e a foto foi batida e postada. Eu odiava as redes sociais. No Museu da Feiura, uma das alas teria de ser dedicada à catástrofe que representou para os feios o surgimento das redes sociais, nas quais todos os dias jogavam na nossa cara as vantagens incalculáveis de ser bonito, em qualquer ramo ou ocupação. Fiz um perfil só para não ser, além de tudo, o esquisito sem redes, mas jamais postava fotos, só memes de concurso. Fomos todos marcados na foto que Ana Renata postou. Eu aparecia com uma expressão entre o sorriso amarelo e a deformação, esquivando-me medrosamente do clique. Cello viu, me reconheceu e escreveu para Oriana.

Era esse Cello-Marcelo quem tinha provocado meu surto. Numa manhã qualquer em que chegou de uma viagem à Bahia, Cello circulou pelo escritório distribuindo presentinhos; quando se aproximou da minha mesa, numa concessão ao espírito de quinta série, rara naquele escritório, disse: *Você não ganha, você é muito feio!* Havia anos ninguém aludia frontalmente à minha feiura, nem de brincadeira; eu me virei buscando refúgio na tela do computador, sacudindo a cabeça num movimento que poderia ser interpretado como indiferença relaxada, o que faria todo sentido, pois ninguém deu a menor trela ao que Cello tinha dito, só ouvi risinhos passageiros, nada de mais, o assunto já tinha morrido. Mas não. A palavra girou solta na minha cabeça, *feio* — do latim, *foedu-* —, meu pulso acelerou, veio a taquicardia, uma convicção maníaca de que o escritório inteiro pesava intimamente as palavras de Cello e concluía que, sim, era verdade, eu era mesmo feio demais e, sendo tão feio, era inevitável que alguém mais cedo ou mais tarde expressasse aquilo, pois tamanha feiura precisava ser enunciada, era impossível simplesmente absorvê-la no cotidiano do escritório. Larguei o mouse, pus as mãos nos joelhos, me sentei ereto e tentei respirar fundo, mas não consegui: meu corpo todo formigava, eu puxava e o ar não vinha, era como se as paredes internas do meu organismo se retorcessem e se comprimissem, então no horário comercial de uma segunda-feira de escritório botei para fora um urro primitivo, um berro torrencial acompanhado por grandes sacolejos, quase coices, de corpo, como se eu por fim me metamorfoseasse sofregamente na praga feia dos infernos que eu era. Todo mundo pulou da cadeira, Marcelo recuou, o chefe saiu de sua sala gritando *que merda é essa*, e era mesmo uma merda. Quando meu brado retumbante perdeu o fôlego, todos não paravam de me olhar, estupefatos, e fiquei lá arfando pesadamente, como se tivesse expelido um Alien pela boca. Mas, não, a criaturinha gosmenta continuava dentro de mim.

— Sim, aconteceu isso — eu disse a Oriana. — Um ataque de pânico — acrescentei, embora *surto* fosse a descrição mais correta. Ataque de pânico soa muito bonito. Senti um calafrio de corpo todo relembrando a metamorfose.

— E aí você começou a tomar Apraz.

— Não, eu já tomava antes.

Ela esperou um instante, hesitando em ir mais fundo, tentando comunicar com os olhos a mais absoluta compreensão e empatia, como se eu fosse um índio acuado. Eu me mantive calado, esperando o próximo golpe, até que Oriana se decidiu e perguntou *mas por quê, qual o problema*, numa voz intrigada, mas doce. *Vamos, fale, ferinha, fale*, é o que ela parecia dizer.

Talvez pela beleza de Oriana, que me deixava zonzo com seus olhinhos claros, seu queixinho quadrado, e envaidecido pelo interesse que ela tomava por mim, senti uma disposição suicida e, puxando um cansaço do fundo da minha alma, larguei o fardo no chão e disse a verdade:

— Meu problema é que sou feio.

A enfermidade

Confessio est regina probationum: a confissão é a rainha das provas. Na minha primeira sessão com dra. Letícia, embora sob o impacto da morte recente do meu pai, o que eu queria mesmo era comunicar aquilo: *Eu sou feio, eu sou feio!* Até ali minha vida tinha sido uma performance de ocultamento. Não da minha feiura, que me estampava a cara, mas da consciência ininterrupta que eu tinha dela. Só que minha confissão a Oriana valeu por anos de terapia. Dra. Letícia ficava como que no *backstage* da minha vida. Me ajudava a lidar com o mundo mas, ainda assim, era *parte* do meu segredo. Como as sessões eram sigilosas, eu podia entender dra. Letícia como um produto da minha cabeça, uma voz que bem poderia ser interior. Só que eu pagava por essa voz interior. Eu pagava dra. Letícia para treinar uma voz interior dentro de mim. Oriana não era e nunca seria uma voz interior. Dizer a ela que meu problema era ser feio foi catártico. Ela, claro, não entendeu nada. Me olhou com uma expressão que dizia *sim, que você é feio não é novidade, mas e aí?*

— A forma como eu lido com minha feiura é doentia — tentei explicar.

— Você *acha* que é feio.

— Não, eu *sei* que sou feio.

Nessa hora, ela resolveu dizer o que a sociedade espera que se diga. Falou sem convicção, uma falácia total, mas era obrigatório:

— Mas você *não* é feio.

Suspirei, incomodado. Mas relevei. Naquela noite adormeci com o coração mais leve. Eu tinha me confessado a alguém — e não a qualquer pessoa, mas a Oriana, Oriana com seu casaquinho azul, a pele com o colágeno em dia, e não morri.

Transtorno dismórfico

No dia seguinte, Oriana me enviou por e-mail um artigo sobre «transtorno dismórfico». Tinha ficado com nossa conversa na cabeça e foi pesquisar. O título do artigo era «Síndrome da Feiura Imaginária». Mencionava o escritor Franz Kafka. Segundo o artigo, Kafka anotou em seu diário:

«Tinha pavor de espelhos, pois eles refletiam uma feiura inescapável». O artigo dizia: «O transtorno leva o indivíduo a implicar com uma pequena característica (uma pinta no rosto ou uma cicatriz na testa) e a se preocupar a ponto de ter que camuflá-la para sair de casa».

Segundo Oriana, era isto: eu sofria de transtorno dismórfico. O que, de novo, retomava a velha questão: eu era ou não era feio? Minha feiura era imaginária? Eu era não feio, mas um estúpido que não conseguia governar a própria fantasia, quando, na verdade, eu era até *bem-apessoado*, impedido de perceber isso por conta de um transtorno? Não repeti essas questões a Oriana, pois já tinha tido essa mesma conversa com dra. Letícia, com quem eu já discutira a questão do transtorno dismórfico a fundo. E descartamos — eu pelo menos descartei — a hipótese. Claro que meu comportamento era *transtornado* — era um *transtorno*. Só não era *dismórfico*, pois minha feiura não era imaginária. E eu odiava que me tratassem como louco nesse ponto. Por bons sentimentos, as pessoas não queriam admitir que os legitimamente feios, como Franz Kafka e eu, existiam. Mas era inútil: o que apoiava minha convicção não era o meu próprio olhar, era o olhar do mundo, ou melhor dizendo, o não olhar do mundo, o virar a cara do mundo. Minha feiura não se baseava no solipsismo. Era calcada em evidências empíricas.

Foi o que respondi a Oriana, que dessa vez não teve coragem de repetir, por educação, a frase que me irritava: *Mas você não é feio.*

A feiura mitigada

Dias depois, Oriana me convidou ao Bonzinho. Embora desconfiasse do que haveria por trás daquele encontro, fui até lá contente, não só por encontrá-la, mas também porque por esse tempo era difícil ficar em casa quando anoitecia. Desde a morte do meu pai, o humor da minha mãe tinha ficado mais instável. Durante o dia, era minha mãe de sempre, doce e amorosa, oferecendo-me café e bolo, a única pessoa no mundo que sempre me olhou como se eu fosse bonito. A partir das seis, parecia possuída por um espírito de porco. Cheguei a pensar em um princípio de Alzheimer, pois li em algum lugar que variações de humor noturnas eram um indicativo da doença. Enquanto assistíamos à novela, vez por outra ela parava de olhar para o televisor e me mirava como quem diz *um homem feito com mais de trinta anos e ainda nessa casa, sem mulher, sem namorada nem emprego.* Dra. Letícia me dizia que eu estava projetando no olhar da minha mãe o discurso do meu pai — eu usava minha mãe como um ventríloquo usa um boneco, mas a usava para enunciar contra mim mesmo as reprimendas do meu pai. Eu tinha de parar com isso, aconselhava-me dra. Letícia, mas eu não conseguia: toda noite, eu via meu pai nos olhos da minha mãe.

No Bonzinho, Oriana bebia calada, pensando em como me perguntar o que queria me perguntar. Ou talvez pensasse em outra coisa, sem nexo algum. A mente flutua, o álcool ajuda, a noite também. De repente, ela despertou, bebeu um gole de cerveja e falou:

— O que eu quero te dizer mesmo — ela começou, e eu tremi um pouco — é que, sendo sincera, você não é *tão* feio.

Era a primeira vez que eu ouvia aquela frase, embora já a tivesse concebido em pensamento milhões de vezes. E agora Oriana dizia exatamente aquilo. Eu não era *tão* feio. De início, eu não soube como reagir. Claro que é sempre desagradável ter a feiura confirmada mais uma vez, mas naquela frase havia também uma esperança, afinal eu não era *tão* feio. Com esforço, era bonitinho. Um líbero, organizando com autoridade a saída de bola. Talvez meu pai tivesse sido duro demais comigo. De fato, havia ocasiões em que eu me olhava no espelho, por um certo ângulo, e não me achava *tão* feio. Inclinando o rosto para a esquerda, com um leve empinar do queixo, dava para dizer que meu rosto era *rústico*. Com barba talvez eu chegasse lá. Mas minha barba era desigual, só crescia de um lado, não servia.

— Não é tão feio — insistiu Oriana. — O Edmilson é mais feio do que você.

Edmilson — que na classe chamávamos de *Homo forensis,* pois gostava de frases em latim — tinha a cabeça tão redonda e as bochechas tão inchadas que era praticamente impossível dizer que tinha de fato um rosto. Ele tinha olhos, um nariz, uma boca, mas não um rosto discernível, que se pudesse considerar feio ou bonito. Ser menos feio do que Edmilson não me consolava.

— Outra coisa, sobre aquele artigo que te mandei. Falam ali do Kafka. Fui ver fotos do Kafka. Kafka não era feio.

Eu ri.

— Kafka era feio.

— Não era. Tinha charme.

Kafka tinha o rosto ossudo, os lábios mal formavam uma boca de tão finos, a boca era apenas um rasgo leve, uma ferida suturada. E aqueles orelhões pontudos. Olhos de morcego assustado.

— Pois a jornalista que ele namorava era linda.

Disso eu não sabia.

— Era?

— Lindíssima.

— Acontece — eu disse.

Às vezes acontecia mesmo. Sem interesses, sem conveniências. Apesar de tudo, o amor pode existir. E talvez existisse entre Kafka e a tal jornalista.

Já íamos pela terceira cerveja, petiscando uma calabresa acebolada. Oriana era do tipo bom de bebedora, ficava alegre e solta. Debatemos quem no cursinho era ou não era feio, quem era ou não era bonito, e a certa altura ela mencionou *Betty, a feia*, e eu contei que odiava *Betty, a feia*, não só porque a novela chamava atenção demais para a feiura, o que me deixava mais ansioso

63

socialmente, mas também pelo cinismo de usarem Ana María Orozco no papel de Betty. Era sempre assim, eu disse, a feiura não podia ser televisionada, não no papel principal: mesmo que o tema fosse a feiura, a personagem central, a feia, ela própria tinha de ser bonita. E todos os espectadores concordavam e aceitavam aquilo tacitamente, porque ninguém queria ligar a televisão e dar de cara com a feiura.

Como ela ria dessas coisas que eu dizia, comecei a me perguntar se haveria alguma sugestão por trás daquele papo de que eu não era *tão* feio e a namorada de Kafka era bonita etc. Mas eu conhecia essa esperança — era uma erva daninha. Eu jamais arriscaria nada. Se fosse o caso, Oriana é quem teria de domar com as próprias mãos meu rosto chucro, puxá-lo para perto dela e, por sua própria conta e risco, beijá-lo.

Isso, claro, não aconteceu. Mudamos de assunto, falamos da prova que se aproximava, pedimos uma saideira.

No ponto de ônibus, o sertanejo troava de novo, e um coro de marmanjos embriagados cantava uma canção desesperada: *eu vou pro pior bar / pedir a pior bebida / em homenagem à pior pessoa / que pisou na minha vida.*

Jesenská

Fui conferir fotografias da namorada de Kafka. Milena Jesenská não era apenas bonita: lembrava Oriana. A mesma composição malar, o mesmo nariz mimoso, a boca pequena e formosa. Mas os olhos eram irrepetíveis. Em todas as fotos que encontrei de Milena, parece haver uma coisa turva em seu olhar, como se seus olhos refletissem um oceano em sépia, uma tristeza indizível, que ela suportava dignamente. Isso desde as fotos de juventude, bem antes de Kafka morrer, de ela ser presa pela Gestapo e adoecer no campo de concentração em Ravensbruck (são as informações da Wikipédia). Era como se aqueles olhos

64

pressentissem seu destino. Os olhos *sabiam*. Então não me admira que uma pessoa assim amasse um artista como Kafka. O que não muda nada. Kafka, como ele próprio admitia, era inescapavelmente feio.

A prova

Depois de meses de espera, chegou o dia da prova. Um domingo de sol. Foi um abate: vísceras, muco, choro. Passado o tempo mínimo de permanência, boa parte dos candidatos começou a abandonar as salas sob o olhar dos fiscais sonolentos.

Eu saí zonzo, o corpo todo doído, sabendo que não tinha ido bem. Se fui mal, pensei, o que dizer dos outros — com exceção, talvez, de Oriana. Eu tinha agora duas horas para almoçar, me recompor e voltar para a discursiva.

Fiz a prova na própria Faculdade de Direito. Desci as escadarias sem saber para onde ir, procurei um banco na Praça da Bandeira onde pudesse me sentar, mas tudo cheirava a xixi e cocô de pombo. Um ou outro candidato conferia o celular perplexamente. Continuei caminhando e cheguei à Avenida Duque de Caxias. No terminal, uma população pacata e domingueira esperava o ônibus. Entrei pelo Parque das Crianças, e ali a situação era um pouco melhor, pude me sentar num banco e refletir. Que cavalo de pau! Puxei o celular, procurei a foto de Oriana — uma três por quatro séria, foto de carteira da OAB — e escrevi:

O que foi isso?

Uma pedinte com duas crianças veio se sentar no meu banco. Eu me levantei e fingi conferir os peixes no lago. A água suja só permitia entrever sombras se movendo sob a superfície escura e viscosa. Oriana me respondeu:

Um crime!

No grupo de mensagens, as queixas se acumulavam: banca mal-intencionada, as vagas tinham nome e sobrenome. O concurso não passava de uma grande encenação de lisura processual. O alvo seguinte era o cursinho: uma grandíssima bosta, não preparava para nada, o coordenador era uma anta.

A pedinte se aproximou de mim, falou de leite em pó, farmácia, doença. Sem levantar o rosto, guardei o celular, peguei a carteira e puxei dois reais. Ela pegou a nota, mas não me agradeceu. Contornei o Parque das Crianças e fui ao Nat Lanches. Pedi bife acebolado, nada mal. Tentei calcular quantas questões eu tinha certeza de ter acertado. Não consegui. A prova já era um borrão na minha memória. Paguei a conta e me levantei para sair. Na calçada, a pedinte de novo, com as duas crianças. Me pediu um almoço. *Um prato só, moço, eu divido com eles.* Voltei para dentro do restaurante, falei para o caixa: *Um prato feito pra senhora ali. Um suco pra eles?*, ela me pediu, apontando os dois bacurins. O caixa me olhou com cara de essa gente não tem vergonha. *Um suco pra eles.* Paguei de novo e saí.

Voltei para as escadarias da Faculdade de Direito, fiquei observando os outros candidatos devorando sanduíches, repassando anotações. A praça agora estava cheia de mendigos, aparentemente retornavam do almoço para a sesta nos bancos sujos. Eram como os pardais. Só tinham preocupações básicas. Fora a comida, viviam na paz de Cristo, sem planos, provas, ambições. Um dos mendigos me chamou a atenção: coberto de fuligem dos pés à cabeça, não tomava banho havia semanas e falava sozinho. Só que, analisando bem, seu nariz, embora grande, era bem desenhado, o queixo longo e elegante, os olhinhos pequenos tinham certa ternura. Com um jato de mangueira, roupas sociáveis e barba, cabelo e bigode, chegava-se a um meio-campista digno, capaz até de bater faltas e escanteios. Não fosse esquizofrênico e mendigo, seria mais feliz que eu.

Um estudo austríaco

Nos dias que se seguiram à prova, Oriana não me deu notícia. Vez por outra dizia algo no Difusos e Coletivos. Já não havia aulas. Mandei algumas mensagens; a primeira ela respondeu laconicamente; a seguinte obteve visualização, mas nenhuma resposta. Havia um limite para a gentileza que se dispensa a um feiote. Só restava esperar o resultado, ocupando meus dias como eu pudesse. Se nós dois passássemos, talvez o diálogo voltasse, afinal seríamos colegas de ofício.

No dia em que saiu o gabarito das provas, não resisti e escrevi outra mensagem. Mas não esperei resposta: a noite caía, o humor da minha mãe estava prestes a transformá-la no meu pai, e resolvi fazer uma visita à Fanon, uma livraria na Avenida da Universidade. Morávamos perto da Igreja de Fátima, a caminhada não era longa.

Cheguei à Fanon por volta das seis, no meio de um lançamento. Uma jovem autora, beldade inequívoca da sandália rasteira ao cabelo trançado, tinha atraído um belo público. Fui penetrando entre as prateleiras, esquivamente. Não encontrei a *História da feiura*, que eu queria folhear. Escolhi uma mesa no café da livraria, pedi uma cerveja e fiquei observando a variedade em campo.

A escritora autografava. Era linda. Se recebesse a bola na intermediária, era meio gol. Eu considerava a hipótese de comprar seu livro, quando meu celular vibrou sobre a mesa de madeira: e-mail de Oriana. Por que e-mail e não uma mensagem pelo celular? Minha animação se desfez quando entendi qual era o assunto: ela me encaminhava outro artigo sobre a feiura. Não gostei. Parece que minha feiura era um entretenimento para Oriana, mote para uma pesquisa no Google. Não me escreveu nada sobre o gabarito, e ignorou completamente a mensagem anterior, que ela também visualizara sem responder. Apesar de tudo, abri o artigo e passei os olhos. Um estudo de pesquisadores austríacos mostrava que indivíduos considerados *pouco atraentes* se autoavaliavam de maneira *excessivamente positiva*. Na mensagem, Oriana dizia que o fato de eu não me analisar de maneira excessivamente positiva — pelo contrário, insistir na feiura — provava que eu não era *tão* feio. Eu não sabia dizer se aquele e-mail era sério ou gozação. O artigo era longo e descrevia detalhadamente todos os procedimentos. Pulei para a conclusão: «No geral, os *pouco atraentes* julgaram-se de atratividade *mediana,* mostrando pouca consciência de que as outras pessoas geralmente não compartilhavam dessa visão. [...] Assim, sugere-se que as pessoas *pouco atraentes* nutrem autopercepções ilusórias.»

Aquele tipo de estudo não me interessava nem um pouco. Também não contava a história da feiura. Os feios sabem que são feios, e era imoral que os impostos dos austríacos fossem destinados a financiar falácias como as que fundamentavam aquela pesquisa. O que entendi, sentado no café da Fanon, é que, para Oriana, tudo aquilo era uma grande brincadeira, pois ela falava do lugar da beleza; em Oriana os privilégios da beleza eram uma segunda pele, portanto era como se não existissem. Mas existiam. Pela primeira vez senti certo ranço de Oriana. Senti que Oriana, no fundo, era estúpida, egocêntrica, trivial. A desgraça é que era também uma centroavante infalível.

Cidade à noite

Estávamos jantando, mamãe e eu, quando ela quis saber o salário líquido do cargo para o qual eu prestara o concurso. Fez a pergunta num tom agressivo. Ou seja: já não era mamãe. Aquele tipo de coisa me fazia pensar no hipocampo encolhido que vi em um vídeo do YouTube — o cérebro murcho como uma bola furada. Uma frase me ficou na cabeça: *O cérebro afetado pelo Alzheimer pesa cento e quarenta gramas a menos do que um cérebro normal.* O peso de uma laranja. Sem concurso à vista, esperando o resultado, eu perdia tempo lendo essas coisas. Nem podia dizer que me educava, pois meu cérebro sadio só registrava frases soltas. *A inconsciência ocorre entre oito e dez segundos após a perda do suprimento de sangue para o cérebro.*

A descrição do Alzheimer como doença *neurodegenerativa* me soava cruel. *Neurodebilitante* era melhor. Embora o cérebro murcho que vi no vídeo parecesse mesmo em *degeneração*. Decomposição.

O cérebro humano é capaz de gerar cerca de vinte e três watts de potência (o suficiente para alimentar uma lâmpada).

O cérebro humano precisa reluzir, como uma cidade à noite.

O resultado

As mensagens começaram a chegar pelas seis da tarde. Eu cruzava a pracinha da Igreja de Fátima, voltando da farmácia. A primeira mensagem que vi era de Leo, meu colega mais próximo no cursinho — já o trecho que li na notificação me empurrou o coração para a boca: *o Excelentíssimo por favor confira*. O *Excelentíssimo* bastava. Não era possível. Em casa, abri o celular: cento e quarenta e três mensagens no Difusos e Coletivos, uma explosão, comparando-se ao silêncio dos últimos dias (passado o concurso, o grupo decaía, virava aos poucos um museu de amizades fortuitas). Fui lendo as mensagens numa vertigem, Leo não ficou tão mal entre os classificados, Gabrielly, que compunha a zaga da classe comigo, levou bomba, a corpulenta Ana Renata também, várias pessoas me marcaram com felicitações, mas minha cabeça girava, fui subindo as mensagens em busca do link original que tinha deflagrado aquilo tudo, encontrei, cliquei, fui avançando pelo documento até encontrar meu setor, procurei meu nome, eram sete vagas, as primeiras eram quase todas de gente com sobrenome europeu, forasteiros do sul, o meu nome

era o sétimo, a última vaga era minha, a primeira classifi-
cada fora do número de vagas era ela, Oriana Queiroz Vilar.

Dor de cotovelo

Naquela noite, Oriana me escreveu uma mensagem:

> *Estou feliz por você*
> *estou triste por mim, claro*
> *mas feliz por você*

Era uma letra de sertanejo. A falsa resignação do
amante. O *feliz por você* nunca convencia. Ninguém fica
feliz por ninguém. O sentimento visceral é sempre a inveja,
desde os primeiros anos de vida. O *feliz por você* quer
dizer: não tenho nem forças para concatenar uma frase,
escrevo apenas *feliz por você*, completamente esmagada
pela inveja. O *estou triste por mim* era uma homenagem
também falsa à franqueza, uma manobra. Não julguei,
claro; fosse o inverso, eu também morreria de inveja.

O corpo concursado

Nos primeiros dias depois do resultado, vivi num estado de
júbilo, pisando em nuvens, embora sem mais notícias de
Oriana. Comprei vários vasos de plantas para mamãe, pois
li que plantas trazem bons ares para a casa e ajudam com
todo tipo de transtorno psíquico, então entupi a casa de
samambaias, espadas-de-são-jorge e costelas-de-adão.
Só que os dias foram passando, e o concurso demorava
a ser homologado. Várias ações judiciais de contestação
transcorriam simultaneamente, a nomeação no *Diário Oficial* virava miragem. Passei a viver em suspensão, como se
perambulasse no limiar de outra existência, de um mundo
em que eu era um corpo concursado, um mundo cuja luz e
calor eu podia pressentir, mas que não me aquecia; tinha
microataques de pânico, à noite imaginava catástrofes, a

interdição e o cancelamento do concurso. Saía com Gerson, um amigo de infância; na última vez que o encontrei, estava sem barba, mas agora mais uma vez deixara a barba crescer, ocultando a ausência de queixo. É sempre assim: o feio às vezes ganha confiança, acha que pode enfrentar o mundo de cara lavada, sem subterfúgios, mas ao primeiro sobressalto recua, volta a obedecer a feiura, vivendo de acordo com suas determinações. Mas Gerson me tranquilizava, dizia que também esperou um bocado quando passou para o Instituto Federal; o governo contrata a contragosto, ele dizia, vão adiar o quanto puderem. Mesmo assim, ansioso, dei para andar pelo Bairro de Fátima no meio da madrugada, como um fantasma. Eu era minha espera.

Até que aconteceu de novo.

Acordei tarde com uma enxurrada de mensagens. Esfreguei os olhos, minha vista turva não me permitia ler o documento. Mas só podia ser uma coisa. Levantei, lavei o rosto, abri de novo o celular. Era oficial: o concurso havia sido homologado. Sentei na cama sob a força do golpe. Agora não tinha erro: a nomeação viria; nomeado, eu tomaria posse — possuiria enfim o Cargo, que por sua vez me possuía. *Sine cura*: sem o que cuidar, sem dor. A sombra que vinha colada aos meus ombros me soltou e foi se esconder de novo nas trevas, senti as cordas que me prendiam relaxarem, minhas hérnias cervicais desinflamando-se: liberdade.

Naquela mesma tarde, Oriana, que na minha cabeça jamais voltaria a me escrever, *telefonou*. Sequer mandou mensagem: sua foto três por quatro surgiu de surpresa na tela do celular, o aparelho piscando e vibrando num surto luminoso. Nas primeiras frases detectei um tom pastoso em sua voz — não era embriaguez, as palavras pareciam vir de muito longe, do fundo de uma caverna escura e triste. Voz de comprimidos. Falei que hoje, infelizmente, eu não poderia sair, contratara um fisioterapeuta para mamãe, sessões no começo da noite, hoje era a segunda, o relaxamento corporal talvez abatesse seu mau humor.

Oriana não queria esperar, por um momento achei que chorava, seu tom era mimado e impaciente. Propôs uma visita depois que mamãe dormisse. Aquela insistência era estranha. Passou pela minha cabeça uma fantasia: no último segundo, eu abria mão da *minha* vaga, e Oriana, primeira entre os classificados, era nomeada no meu lugar. O que eu ganharia em troca? Espantei aquele pensamento.

No telefone, Oriana propunha chegar pelas nove e meia, mamãe certamente já estaria dormindo, queria muito conversar. Até então Oriana de corpo presente na sala da minha casa era uma ideia inconcebível, mas quem sabe? Com a homologação, os mecanismos para a minha nova vida entravam em movimento; aqueles eram os meus últimos meses de Bairro de Fátima, eu logo daria entrada em um apartamento, quando não no Meireles, onde Oriana morava, pelo menos numa daquelas torres novas para os lados do Guararapes, ali Oriana faria todo sentido, mas seria mais justo se antes ela tivesse visitado a casa em que cresci, meu antigo bairro, a rua onde, entre o gago, o vesgo e o menino do lábio leporino, fui o Feio, sempre levando em conta que eu não era *tão* feio. Pedi um segundo, passei os olhos pela casa, uma sala simples, sofá de camurça verde que implorava abolição, o taco gasto, solto aqui e ali, o gelágua na cozinha azulejada, os temas florais, uma casa brasileira, do tipo que vai deixar de existir. Feia de doer. Eu disse a Oriana que ela podia vir.

História de fantasma

Foi uma história de fantasma que contei para dra. Letícia: *meu pai falando pela boca da minha mãe,* insisti. Dra. Letícia franziu o rosto, com dó de mim. *Não era*, ela disse. Talvez fosse a voz do hipocampo murcho. Não sei.

Naquela noite, o físio chegou de cabelo cortado. Antes usava o cabelo crescido, passava gel. Mas chegou de corte militar, pediu desculpas pelo atraso — tinha atrasado trinta minutos —, problemas familiares. Eu disse que entendia, afinal para ter problemas familiares bastava ter família, e eu tinha a minha, pelo menos enquanto minha mãe vivesse. Ele abriu a maca, chamou a paciente. A ideia tinha me parecido boa — uma sessão no começo da noite, o físio manusearia as memórias corporais de mamãe, desfaria nós, dissiparia angústias. Mamãe dormiria, depois eu receberia Oriana, falaríamos em voz baixa, confidentes combinados, eu contaria da minha apreensão nos últimos tempos, minha espera sem fim pela homologação, ela talvez falasse de como havia trocado os ansiolíticos pelos antidepressivos, desculpando-se pela ausência prolongada, não queria crer que teria de continuar lutando por seu Cargo, eu diria que não havia do que se desculpar, pois eu lhe devia muito, o que eu devia a Oriana não cabia no papel, a ela eu havia me confessado, a primeira e única confissão que fiz da minha feiura, e ela me aceitou, não me rechaçou como louco ou doente, pelo contrário: riu comigo no interior do meu complexo, talvez um pouco demais, mas mesmo assim eu lhe seria eternamente grato, e nisso talvez mais de uma lágrima caísse, e, no fim de tudo, apesar da minha feiura, do meu rosto chucro, já sob a aura do Cargo, encontraríamos por fim um caminho seguro para um beijo longo e apaixonado.

Repito: a imaginação é a pior inimiga dos feios. Quando mamãe viu o cabelo cortado de Alexandre, o físio, ela, que resmungava por ter de perder a novela, mudou de postura e falou: *ficou bonito de cabelo cortado, Alexandre*, e era verdade; Alexandre era um atacante, tinha porte, a roupa sempre justa e bem passada, gay dos pés à cabeça, mas minha mãe não sabia, repetiu *bonitão, bonitão* numa voz que eu já conhecia, a mesma voz com que ela dizia que eu não tinha emprego, nem namorada, nem vida. Finalmente, quando fiz menção de desligar a tevê, minha mãe se virou para Alexandre e disse, num bote cheio de veneno: *o meu filho, não, o meu filho é feio demais*.

O físio ficou sem saber o que dizer. Mamãe se acomodou na maca, e ele pôs mãos à obra. O serviço de dra. Letícia estava aprovado: ao ouvir a frase de mamãe, a única pessoa em minha vida que até então nunca me olhara como quem olha para um feio, não surtei, o incidente do escritório jamais voltaria a acontecer. Dessa vez eu apenas desmoronei intimamente, antecipando como eu remoeria aquela frase anos a fio, *o meu filho, não, o meu filho é feio demais*, bem no dia da homologação do meu concurso. Quando o físio foi embora, mamãe voltou a ver tevê como se nada tivesse acontecido.

Esperei sentado por Oriana, enviei mensagem, ela não respondeu. Nunca veio.

O gol

Quando reproduzi à dra. Letícia as teses da cirurgiã-dentista Marina Leite, dra. Letícia ficou horrorizada. Marina Leite falava como líder de seita, aquela história de «plano inicial da natureza» — uma médica falando tamanha barbaridade era um descaramento. Então seu rosto não era «o que a natureza pretendia»? *O que era seu rosto então?*, perguntava dra. Letícia. *Uma cagada*, respondi. *Claro que não*, insistiu dra. Letícia, erguendo a voz, quase perdendo a pose. No fim, eu disse que faria o procedimento e que sabia quais eram os riscos. Não falava nem dos riscos físicos, pois dra. Marina, apesar de jovem, trinta e dois anos, tinha larga experiência, vinha gente dos Estados Unidos fazer de tudo com ela, eram trezentos mil seguidores e centenas de procedimentos realizados, sem queixas. Havia, é verdade, os riscos psíquicos. Era possível que eu me sentisse feio já na saída do consultório. E a frustração seria difícil de engolir. Mas eu pagaria para ver. E contava com o apoio de dra. Letícia.

Na sala de espera, pôsteres emoldurados mostravam o antes e o depois de inúmeros pacientes. Na conversa com dra. Marina, ela insistira na singularidade de cada desenho facial, explicando que sua harmonização era humanizada, sua filosofia era a da discrição, dos pequenos ajustes, delinear o que está um pouco solto, correções apenas. Naquelas imagens, no entanto, os resultados eram inegavelmente uniformizantes. Mas que culpa tinha dra. Marina? Aquelas pessoas saíram do consultório satisfeitas, tanto que cederam a imagem para fins de divulgação. Tudo era questão de evitar exageros. Bom senso. No meu caso, pedi apenas uma pequena quantidade da substância. Seis seringas de 1,5 ml.

Não senti quase nada. Um leve desconforto durante a aplicação da pomada anestésica. Dra. Marina, daquele ângulo, tinha certa presença inequívoca; quando se inclinava sobre meu rosto, mirando com minúcia a microcânula, uma lufada de perfume me embriagava; a enfermeira me sorria o tempo todo, a certa altura disse que eu já tinha uma bela composição malar, só havia necessidade de um pequeno retoque, opinião corroborada por dra. Marina. A sala era fria e silenciosa, sem música de fundo, apenas o ruído branco dos aparelhos. Me veio uma grande calma. Deitado sob o holofote, me senti, pela primeira vez na vida, cuidado, amparado. Ouvido. Dra. Marina e a enfermeira eram dois anjos, debruçavam-se sobre mim, dedicadas a resolver minha questão, minha ferida, meu espelho. Nada de terapia, nada de artigos científicos ou grupos de apoio: o verdadeiro apoio era este, dra. Marina, a enfermeira e as injeções da substância que preenchia o meu rosto, o ácido irrigando o tecido, encharcando minha derme profunda, distribuindo-se, moldando-me. Tentei conter o choro, mas uma lágrima escorreu do meu olho esquerdo, prestamente enxugada pela enfermeira. Dra. Marina perguntou se eu sentia alguma dor. Eu disse que não, não sinto dor alguma. Fechei os olhos e imaginei um campo de futebol, uma final de Copa, eu levava a bola com classe, tempo e espaço me obedeciam, o time era uma orquestra, eu conduzia.

A febre dioneia

O escritor, apertado no moletom cinza puído, não me responde, apenas me olha por trás dos óculos de aro vermelho, as lentes redondas e pequenas, tão pequenas que quase parecem seus próprios olhos, cravados sanguíneos no rosto chupado. Lembra um vilão de animê, não lembro agora qual. Nuno saberia.

Quando o silêncio beira o constrangimento, ele me responde:

— Eu teria o que dizer sobre os seus Getulinhos.

Os *meus* Getulinhos. Eu espero, ele não diz: olha perdido por cima do meu ombro. Quando me viro, não vejo nada. Os fantasmas do escritor. Talvez uma demência precoce. Insisto:

— Bom, em alguma medida, os Getulinhos...

Ele sai do torpor, debochado:

— *Em alguma medida!*

É a segunda vez que ataca minha performance. Na primeira, dei de ombros. Não vim ter aulas. Mas agora sou pega de surpresa, fico confusa e quero saber qual é o problema. Vivaz e venenoso, ele parece muito satisfeito em explicar:

— *Em alguma medida* é uma ode à imprecisão. *Em alguma medida* pode-se afirmar qualquer coisa. São três da tarde, mas, *em alguma medida*, está anoitecendo. *Em alguma medida* é a cara do Brasil.

O ataque passa de mim ao Brasil. Típico Eduardo Aguardi. Quase pergunto por que tanto ódio do Brasil, mas evito. Aguardi saltaria sobre minha pergunta como um guepardo sobre o antílope, saborearia cada víscera do Brasil, e eu ficaria com cara de tacho, incapacitada de defender a honra do país, porque, no fundo, estaria pensando em Nuno, meu atorzinho que assiste aos animês, mas não lê, que também é, *em alguma medida*, igualzinho ao Brasil: impreciso, informal e safado.

O apartamento de Aguardi tem cheiro de cigarro e livro velho. Minha vontade é abrir as janelas. Nosso tema são, sim, os Getulinhos. Escolha do meu chefe. Para me sacanear, com certeza. Sem ideias, resolvi entrevistar personalidades. No caso de Aguardi, vim preparada para o pior. Não li *Como o Brasil acabou com a minha vida*, o que, confesso, é a minha cara. E, pelo jeito, a cara do Brasil. Imprecisa e informal. Tudo que posso dizer é que, *em alguma medida*, tenho uma vaga noção do pensamento e das opiniões de Eduardo Aguardi, pois folheei suas entrevistas, recheadas de afirmações controversas. Certos comentários sobre o Rio. Numa entrevista ao antigo caderno *Mais!*, atacou o ciclo do romance nordestino, «tão nocivo à trajetória da inteligência no país quanto o próprio ciclo da cana-de-açúcar».

Tendo apontado minha imprecisão, ele me sorri e, por fim, entra no tema, muito obliquamente:

— Posso dizer, por exemplo, que um tio meu por parte de mãe foi funcionário do Ministério da Educação de Vargas.

Não sei se a informação é relevante, mas ele me olha sorrindo, como se esperando uma reação da minha parte. Não me impressiono. Depois continua, falando sempre muito pausadamente, como quem rodeia a cena de um crime:

— Esse meu tio se reportava diretamente ao ministro Capanema. Nos intervalos, tomava cafezinho com Drummond. Segundo meu tio, toda semana aparecia uma mocinha que escrevia versos, procurando o sr. Drummond. E o sr. Drummond lia os versos de todas, sempre simpático e disponível. Malandríssimo.

Ele sorri, eu o imito, por reflexo. Penso em Drummond e nas mocinhas. Ele continua:

— Porém o próprio Drummond não era varguista. Meu tio, sim. Menos por ideologia do que por melancolia.

Meu tio dizia, por exemplo, que toda cidade no Brasil tinha sua Avenida Getúlio Vargas. Mas, como tudo se esquece no Brasil, até Getúlio foi esquecido. Por isso o nome nas placas. As placas de rua são o cemitério dos nomes. É onde os nomes vão morrer.

Anoto no meu caderninho: *O cemitério dos nomes*. É com esse tipo de coisa que se faz uma reportagem. Aguardi finalmente me ajuda.

— Já meu pai — ele segue — era um jornalista liberal e odiava esse meu tio. Tinham discussões homéricas. Meu tio argumentava que, para o Brasil começar a existir, alguém precisou capinar uma selva inteira. E quem capinou a selva foi Getúlio Vargas. Um ditador com um facão. Eu tendo a pensar que foi justamente porque tinha pensamentos assim que meu tio morreu de coma alcoólico.

Faço uma expressão de quem não entende, ele completa:

— Esse tipo de fervor só pode terminar em alcoolismo.

Não discuto. Só que não estamos bem dentro do meu tema. Dou mais alguns minutos. Aguardi me conta que a última pessoa com quem o tal tio conversou foi justamente o seu pai — o cunhado desafeto. E que, apesar dos recorrentes pedidos dos familiares, seu pai nunca revelou sobre o que os dois trataram naquela última conversa.

— Muitos anos depois, com meu pai já velho, perguntei o que ele e meu tio conversaram. E meu pai, que gostava de uma frase, me disse, sisudo: «Prefiro não registrar por ele suas últimas palavras».

— Por quê?

— Foi o que perguntei. Por quê, meu pai? «Porque não sou biógrafo, não sou contínuo de um bêbado deprimido.» Esse era meu pai.

«Contínuo de um bêbado deprimido.» O pai explica Aguardi, penso comigo. Uma linhagem amarga.

Aguardi tem estatura mediana, braços peludos e veiosos, certa potência de gorila; mas, por dentro, tenho para mim que é um homenzinho. A história do tio é interessante, mas não me serve de nada, não tenho como encaixá-la no texto sem transformá-lo num perfil de Eduardo Aguardi. Procuro encaminhar a discussão. Pergunto se, como o tio, Aguardi chegou a ter simpatias por Getúlio.

— Na juventude, tive sim — ele diz. — Fui trabalhista, para irritar meu pai. Depois fui anarquista, conservador, liberal. O brasileiro é assim. A mente brasileira é uma armação frágil, entende? Ao menor solavanco desaba numa macumba.

Ele faz uma pausa e arremete:

— A senhorita leu meu livro?

Era a pergunta que eu temia. *O livro*. Ele me olha fingindo certa indiferença, como se a pergunta fosse um lenço que ele deixou cair por acidente. Mas, nesses anos como jornalista, já entendi que, se não lemos, o escritor não esquece. Pode fingir que não se afeta, dar de ombros, alguns até sugerem que fizemos bem em não ler, pois o livro era fraco, mas todos se afetam, sim. Porque todo escritor se sente mal-amado. Então sou obrigada a mentir, mas minto bem: digo que li, sim, que já tinha lido mesmo antes da preparação para esta entrevista, salpico um *gostei* no meio da frase e no mesmo fôlego volto ao assunto oficial, como quem, infelizmente, não tem tempo para resenhas literárias:

— Mas o que o senhor pensa, afinal, desse *renascer* getulista?

Ele sorri e me olha. Com certeza esperava um comentário mais generoso, não um *gostei* fugaz e suspeito. Mas o que se vai fazer? *O que eu penso desse renascer*, ele murmura. E responde:

— Eu concordo com meu tio. Vargas é um bom nome de placa.

De novo, ele se recusa a entrar no tema. Rodeia. Sabe o que eu quero, mas não me dá. Preciso deixar Vargas de

80

lado. *Getulinhos* é apenas um apelido forjado pela imprensa, o grupo o incorporou carnavalescamente. Preciso de uma reflexão, uma filosofada. Puxo o assunto:

— Mas o número de adeptos dos Getulinhos tem crescido... — eu digo, incerta.

— Adeptos toda seita arranja. Quem sofre por falta de adeptos é o trabalho duro...

Solto uma risadinha involuntária, ele gosta, mas se demora de novo sobre o meu rosto, talvez ainda tentando ler minha verdadeira opinião sobre o seu livro. Depois desiste e se aborrece:

— Desculpe dizer, mas você quer escrever sobre existências triviais; enfermas, sem sombra de dúvida, mas triviais. O Getulinhos é trivial. Nada sério prospera no Brasil.

Aqui ele estava à vontade, era seu tema: o Brasil bazófio. Enquanto falava, Aguardi se levantou, foi à parede atrás de mim e capturou um pequeno besouro preto, de listras amarelas. Seguiu esculachando o Brasil e a informalidade, quando parou de pé ao lado da bancada da cozinha, diante de um pequeno vaso. Confesso que as provocações de Aguardi conseguiram arrancar da minha alma algum vestígio de amor à bandeira, mas, no geral, fiquei aliviada por não ser instada a dar uma opinião mais minuciosa sobre *Como o Brasil*. Fiquei também enternecida pela suposição de que meu interesse pelos Getulinhos era de alguma forma genuíno — «você *quer* escrever» — e não apenas uma *pauta*. Eu *tenho* de escrever sobre alguma coisa.

Aguardi, de pé ao lado da bancada da cozinha, aproxima muito meticulosamente o besouro pinçado entre os dedos do que é claramente, vejo agora, uma *Dionaea muscipula*. Pauta antiga, que cobri. Dois, três anos? «A Febre Dioneia» — foi meu título. Plantas carnívoras. Então Aguardi, apesar de toda pose de superioridade, seguiu também uma *moda*. O besouro, largado entre os lóbulos, tropeça nos pelos sensoriais, que fecham a mandíbula dos

81

pecíolos. O bichinho será dissolvido lentamente em líquidos digestivos, até ser reduzido a um exoesqueleto podre.

Meu celular toca. Confiro: é Nuno. Aguardi diz que posso atender, ele vai se retirar por um segundo. Nesse mesmo instante, escutamos o elevador se abrir e uma voz grave e sonora, em tom descontraído, ao celular. Aguardi explica que é o vizinho, um ator. Quando se retira, eu ignoro a chamada e discretamente me aproximo da porta e miro pelo olho mágico: sei quem é, e é de fato um *ator* — Régis Gambatto. Faz um pequeno papel numa novela, galã de segundo escalão. Veste shorts e uma regata branca de academia. Braços fortes, ombros curvos, sólidos. E é dramaturgo também. Há um ou dois anos vi peça sua no Tuca. Então *isso* é um ator de sucesso. E o que vejo? Vitalidade, confiança, um rosto limpo. Em tudo diferente do meu Nuno. Nuno com suas pequenas montagens. Plaquinhas de «Ajude o Teatro». Enquanto admiro a saúde de Régis Gambatto pelo olho mágico, sou tomada por um espírito quase *aguardiano* e penso que tudo que clama por ajuda merece morrer: o teatro deve morrer, os artistas devem morrer, os museus, os cinemas de rua, a ararinha-azul, as tartarugas gigantes, a Amazônia, os índios kaiowá, tudo deve simplesmente aceitar que não pertence a este mundo, não só não pertence a este mundo como é *repelido* por ele.

O global, falando ao celular — o holofote portátil —, entra no seu apartamento. Dou uma volta pela sala de Aguardi. Numa escrivaninha, mais dioneias e uma coleção sobre a ascensão do mercantilismo nas repúblicas de Veneza e Florença, o *Arsenale Nuovo*. Talvez pesquisa para o próximo romance. Também uma série sobre a imigração italiana em São Paulo, incluindo aí uma edição caseira de uma *Pequena Crônica da Família Aguardi*, em homenagem aos noventa anos de Ernani Aguardi. Alguns retratos nas estantes. Uma criança de cabelos e olhos bem pretos passa a adolescente e moça, e agora tem quase a minha idade. Se essa filha tivesse sido baleada na cabeça saindo de uma festa ou esquartejada ao fim de um sequestro, aí, sim, Aguardi teria suas razões para odiar o Brasil tão maniacamente, mas, pelas fotos, não parece ser o caso. Aguardi não precisa de razões pessoais extremas para odiar o Brasil.

Cinco, dez minutos depois, ouço uma descarga, e Aguardi reaparece atrás de mim. Eu me viro e, ao vê-lo, ao ver sua cara amarela e amassada, me canso daquela entrevista e sinto por ele o mesmo desprezo que sinto por Nuno. No fim das contas, Aguardi é um escritor frustrado. Teve um pouco mais de sucesso do que Nuno, sim. Comprou este apartamento e encheu de livros. E daqui proclama seu rancor aos quatro ventos. Mas seu *hype* aconteceu há muito tempo, antes, acho, da palavra *hype*. Tempo em que era convidado para palestras, cursos, festivais. No último segundo histórico cabível. Nunca mais jogarão os holofotes sobre um tipo como Eduardo Aguardi. Vai ter de se comportar muito bem. E, verdade, ultimamente, anda comportadinho. Ainda assim, não lhe dão atenção. O último livro só foi publicado por respeito a *Como o Brasil*. Minha amiga que trabalha na editora, e que me passou seu contato, disse que só não o largaram porque logo mais *Como o Brasil* completa vinte anos. Acham que talvez dê para extrair uma graninha a mais numa reedição. Eu sugeriria uma continuação: *Como o Brasil acabou com a minha carreira literária*. Sinto vontade de mencionar o título a Aguardi. A ideia não é ruim. Mas sei que ele se ofenderia. Está com algum plano grandioso na cabeça, alguma coisa sobre Veneza e Florença, o século XIII.

Como se lesse meus pensamentos, ele crava:

— Então você *gostou* de *Como o Brasil*?

Desprevenida, tremo. Depois me emputeço: que importa se gostei ou não gostei? Não faço crítica literária. Devia ter dito desde o início que não li. *Mil perdões, não li*. Simples. Aguardi que se remoesse. Pra que mentir? É o Brasil dentro de mim. Improvisando no escuro. Busco uma tangente. Penso no tio. Digo:

— Gostei, gostei. Mas essa história do seu tio getulista, a rixa com o cunhado liberal... Isso também dá um romance, não?

Ele hesita, me devolve um sorriso que menos abre do que rasga seu rosto, mas, felizmente, pega a isca:

— É, talvez. Com Drummond como personagem secundário... Uma nota charmosa.

— Isso! — eu digo, oferecendo meu sorriso mais simpático. Ele me confere dos pés à cabeça.

Aguardi acende um cigarro, vai ao bar no cantinho da sala e se serve de uma dose de uísque com muito gelo.

— Vou te dizer o que penso do seu tema — ele anuncia. Finalmente, os Getulinhos. Aguardi volta a se sentar na poltrona, uma boa poltrona de couro marrom, e, com vinte minutos de atraso, começa:

— A premissa do Getulinhos está correta: o ciclo liberal se encerrou. — A frase era, como sempre em se tratando de Aguardi, grandiosa. *O ciclo liberal*. Dá sono, mas ligo o gravador. Ele continua: — Por que os chineses prosperam? Porque os chineses retornaram à monarquia imperial. O Partido é o Imperador. E ao Imperador eles se curvam. Nenhum chinês quer ser um indivíduo. O maior pavor de um chinês é ser obrigado a ser um indivíduo. As teses de Sartre se aplicam à perfeição ao chinês: o chinês é o antiexistencialista por excelência. É uma impossibilidade até geográfica: um bilhão de *chineses* conseguem viver em paz. Um bilhão de *indivíduos*, não. É impraticável. Viver cercado de tantos indivíduos não leva a nada além de histerias, manias, psicoses. E o Ocidente é precisamente isto: histérico, maníaco, psicótico. Os chineses vão viver cada vez melhor, no conforto de sua condição de chineses, livres dos verdadeiros terrores da vida moderna: a felicidade, a liberdade, a falsa igualdade. Os chineses vivem na prática a única igualdade possível: são todos *chineses*. Do Imperador ao vendedor de cobras. Em outros lugares vemos movimentos semelhantes, mas nada em bloco. Alguns povos têm para onde voltar. Os russos têm

84

para onde voltar, têm um caminho por onde ser, novamente, *russos*. Os ingleses se iludem pensando que têm para onde voltar. Não têm. Os ingleses, como os franceses, estão perdidos para sempre. Perdemos os ingleses, perdemos os franceses. Admito que os alemães têm para onde voltar. Seria traumático, mas têm. Os brasileiros não têm; os brasileiros nunca foram nada, e continuam a ser nada. São como o Pessoa da Tabacaria: tem todos os sonhos do mundo, mas são apenas sonhos, de novo: manias, fascínio cego. Os brasileiros são os loucos de rua do mundo. E os Getulinhos, com seus maracatus, sua princesa Isabel, seu Suassuna, são, no fundo, apenas mais uma expressão disso.

Aguardi seguiu desfiando coisas nessa linha por quinze, vinte minutos, e, quando terminou de falar, agradeci por estar com o gravador ligado, pois não registraria nem metade do que disse. Sem perder a oportunidade de esculachar o Brasil, ele foi na ferida. Eram ideias antipáticas, mas valiam um parágrafo interessante. Meia reportagem estava garantida. Eu não sabia o que dizer como resposta, teria de organizar aquelas ideias, os pressupostos, os estereótipos, e dei graças quando ele se levantou da poltrona, foi de novo ao pequeno bar no canto da sala e se serviu de outra dose de uísque. Perguntou se eu aceitava. Eu disse que aceitava um cigarro. Seria maravilhoso dispersar aquela palestra na fumaça de um cigarro. Ele se aproximou e ofereceu a chama do isqueiro num gesto sinuoso, conferindo meu pescoço, meus ombros, meus braços, inspirando todo o meu perfume. Fiz bem em não aceitar a dose de uísque. O cigarro eu pedi pragmaticamente, como quem precisa de um alívio químico, não de uma dança. Percebi também que seu discurso tinha como alvo não apenas o Brasil; eu também era o alvo.

Aguardi me perguntou, então, se eu teria alguma outra dúvida sobre o meu tema, e eu, já tragando o cigarro, procurei alguma dúvida, alguma indagação no ar e, por fim, confessei que não. Mas arrisquei uma provocaçãozinha:

— Você, então, não é desses neomonarquistas que andam por aí pedindo a reposição dos Bragança, é?

Ele riu e disse:

— O Brasil nunca teve uma monarquia, nunca teve uma república, nunca teve uma ditadura. O Brasil, até hoje, é mato e índio, e só.

Ele bebeu a dose de uísque num gole, levantou-se e disse que ia me buscar um presentinho. Quando se retirou, fui à janela. Me arrependi de não ter me despedido já naquele momento, fugindo do cheiro quase irrespirável daquele apartamento. Abri a janela para que uma lufada de ar novo entrasse. Afasto mais dois jarrinhos de famintas dioneias e me inclino sobre o parapeito. Quatro andares abaixo, vejo chegar ao edifício um casal jovem com um filhinho de seus três anos, a moderna família brasileira. Abrem o portão. O porteiro vem fazer festa ao menino. A esposa está num vestido vermelho solto, mamãe-primavera. O pai por acaso olha para cima, parece um pouco Guto, um velho namorado. Recuo para o centro da sala. Fico com saudades de Guto. E com raiva de Nuno.

Aguardi retorna do quarto com uma cópia de *Como o Brasil*, que me entrega dizendo: «Para você reler. Edição autografada pelo autor». Eu agradeço e me despeço, ele pergunta se não quero mesmo uma dose de uísque, uma cerveja, eu digo que não, explico que tenho outra entrevista em seguida. Com muito esforço e traquejo, me desembaraço de Aguardi e seu viveiro de plantas carnívoras. No elevador, abro pela primeira vez na vida o *Como o Brasil*. O primeiro parágrafo diz: «Esta não é minha história, é a história do meu tio, meu tio que morreu por Getúlio e que se gabava de uma amizade com o poeta Carlos Drummond de Andrade».

O jardineiro

1.

Por essa época eu dormia cada vez mais na Mira. O que quer dizer: dormia no jardim de Mira. Nas mãos de Mira. Derrubando seu abajur com o travesseiro, pois a cama era grande demais para o quarto. O cômodo era mais cama que quarto. A sala, sim, teve uma parede derrubada e se abria com amplo espaço. Livros e almofadas. O reino de uma felina letrada. No andar de cima, a autodeclarada cantora lírica discutia, noite sim, noite não, bêbada pelo telefone. Fazia questão de discutir bêbada pelo telefone debruçada à janela, que se abria com vista para o Sumaré. Logo depois do Carnaval ficamos sabendo que seu namorado, o pianista, a alma dos saraus do andar superior, era corno. Uma palavra com sabor de anos 1950. Desde quando? Desde o Carnaval. Por quê? Para aprender, ela dizia, a plenos pulmões. E agora já chega. E agora acabou. E nunca mais. Depois: exercícios vocais em mixolídio.

Mira e eu até ali engolíamos tudo. Era difícil largar o Carnaval, então perdoávamos a cantora — Rosana, de seus cinquenta e poucos. Imprevisível, Rosana passava semanas fora do radar, evitava cruzar com os demais condôminos, era sempre uma visão abrupta e macérrima saindo do elevador, se metendo pela escada. Mira dizia que os olhos dela eram brumosos. Como se estivesse sempre não apenas bêbada, mas bêbada e ofendida. E um pouco triste. Mas então, sem sobreaviso, novo sarau noturno. Convidava atores que saltavam na sala de estar, faziam tremer o teto. Gargalhadas de coxia. Os filmes que eu via com Mira ficavam comprometidos. Os contos de Rohmer. Perdíamos o sono, com raiva. Mira, que morava no mesmo apartamento havia dez anos, dizia que ela nem sempre tinha sido assim.

Aprontava, mas vinha piorando. Doida e sensitiva — era a teoria de Mira. No noticiário, a Nova Era, os Getulinhos, o Secto do Riso da Morte. Chamávamos a cantora de Sibila do Sumaré.

Mira nessa época andava sempre em viagens de lançamento, ocasiões em que rompíamos contato. Eu ficava em seu apartamento, regando suas plantas, mas não sabia por onde ela andava, e ela também não sabia no que eu me metia. Recuávamos para uma existência de telefone fixo. Nada de mensagens de trinta em trinta minutos. Nada de fotos do hotel, da rua, da livraria. Nenhum registro com taça de vinho branco, sorrindo ao lado dos escritores. Ao fim de tudo, sim, eu ganhava um relato completo: a História do Lançamento. A noite da História do Lançamento era sempre boa.

Perto de Mira eu era um provinciano. Ela tinha o que contar, eu não. Meu estúdio com Leo na Vila Mariana tinha então apenas dois clientes, um cantor gospel e um trio instrumental. Eu cuidava do cantor gospel, cujo projeto era um disco infantil — uma nova *Arca de Noé*, com a bicharada em transe neopentecostal louvando o Criador, agradecida pela segunda chance. A ideia não era ruim, o público-alvo se esbaldaria, mas o cantor, que também era pastor, tentava me converter e pedia arranjos que me ofendiam. Para piorar, eu já estava cansado de ouvir o chororô de Leo, cujo casamento desabava sob o peso de um filho mal calculado. Entre o pastor e Leo, eu preferia quando não tinha de sair do jardim de Mira.

2.

Foi pela esposa do Leo que conheci Mira, e a própria esposa do Leo, Gabi, me disse para não me apegar: Mira era turista, entrava pela vida dos namorados, batia fotos, frequentava os museus da vida deles, depois arrumava as malas e voltava pra casa. Nos primeiros seis meses aquela descrição não fez sentido. Mira era minuciosa na atenção, aparecia de surpresa pelo estúdio, levava guiozas deliciosos, aprendia a *Arca de Noé* evangélica; no carro, cantarolava o tema da tartaruga, para a qual contribuí com uma estrofe: *Senhor, eu não reclamo / do meu passo de tartaruga / durmo sempre cedo / e sou do tipo que madruga.* Por essas e outras, me parecia que, se Mira era turista, andava cogitando um visto de maior permanência. Eu correspondia, cumpria a pantomima amorosa, e, se de início havia um superego irônico que nos teatralizava, aos poucos, pelo menos no meu caso, a ironia que marcava a distância foi ruindo, e eu fui me domesticando, até me ver completamente aclimatado ao apartamento de Mira. Quando Gabi aparecia pelo estúdio, o que acontecia cada vez menos, pois ela e Leo já nem brigavam, só se hostilizavam em silêncio, eu contava essas coisas, e ela sem paciência dizia que já tinha visto aquilo tudo. Repetia: não se anime.

Depois de seis meses, confirmando o prognóstico de Gabi, as viagens de Mira ficaram mais frequentes. Sempre os tais lançamentos. Em alguns casos, o autor nem era responsabilidade sua, mas mesmo assim ela decidia comparecer, sobretudo se fosse no Rio. Dizia, sorrindo, que no atual estágio da carreira tinha de aproveitar as oportunidades de acumular capital social. Voltava do Rio queimada de sol, e a Mira queimada de sol fazia frente à Mira pálida. Eu de bom grado ocupava seu apartamento, seguia regando suas plantas. Era seu jardineiro. Confesso que gostava daquilo, imaginava uma complementação de renda como cuidador de plantas, transitaria feliz por apartamentos estranhos adubando begônias, pleomeles, jiboias. O estúdio só me dava desgostos.

Nesses dias em que eu ficava sozinho no apartamento de Mira, fui sendo tragado pela sonoplastia fantasma da lírica. No começo, eu até gostava da nossa Sibila, pois ela me unia mais à Mira, incrementava nosso folclore particular. Mas agora a piada já tinha perdido a graça, e, nas noites em que eu precisava dormir, pois o pastor chegava cedo ao estúdio, a atmosfera relaxada de piano--bar do andar superior me tirava do sério. Certas noites, me parecia que Rosana locava o apartamento para uma produtora de filmes de terror. Arrastava correntes, tombava baús. Ou então rearranjava os móveis da sala. Uma decoradora cronicamente insatisfeita. Com o pé-direito baixo, eu me sentia sob ataque. Por volta da meia-noite, ela começava a transmitir para o vale do Sumaré antigas entrevistas do *Provocações,* regularmente interrompidas pelas propagandas do YouTube. Às vezes isso se repetia noites a fio. Mira, estando em casa, por volta das dez tomava um Zolpidem e apagava, eu ficava sozinho. Aos poucos, fui sendo dominado por uma raiva que me consumia, virei um virtuoso na detecção dos mínimos ruídos. O primeiro já me provocava uma discreta palpitação. Com isso, minha capacidade de julgar com objetividade o nível de incômodo das movimentações da cantora ficava prejudicada: tudo me irritava, já não havia diferença entre o cair de um alfinete e uma montagem caseira de Zé Celso.

Numa noite em que Mira e eu já dormíamos desde as onze, ela chega por volta da uma da manhã acompanhada de uma trupe numa algazarra infernal; batem portas, derrubam panelas, cantam, berram. O pianista se senta ao piano e crava nas teclas um acorde perfeito brutal. Mira, que chegara exausta de Porto Alegre, liga para o porteiro, que já conhece bem a inquilina, e se lamenta. Ficam Mira e o porteiro discutindo como uma pessoa pode exibir um comportamento tão antissocial, especulam sobre as relações da cantora com o velho sírio que é proprietário do edifício, parece que há uma ligação estranha que garante vistas grossas. Nessa noite, resolvo tomar uma atitude, mas no primeiro lance de escadas me sinto falso e covarde: nunca fui de bater boca, o confronto direto só pode desbundar no caos, e sem um ódio assassino pulsando no corpo e na alma não vale a pena bater na porta de ninguém. É o que me digo, mas vou em frente, sem saber o que vai acontecer. Bato na porta cinco vezes, cinco batidas rápidas e ferozes, ninguém me escuta; bato de novo, até que uma voz olímpica, voz de atriz, diz: *Quem é?* Eu digo que é o vizinho de baixo, que aquela barulheira é uma esculhambação, mas ela me corta e diz que o apartamento é dela e que hoje é seu aniversário. É a quarta vez em dois meses que ela faz aniversário. Eu grito *Papo-furado!*, e me vem o lampejo de atacar, pela porta que nunca se abre, o pianista, um lance ousado: digo, *Pianista, se eu ouvir mais uma nota, o caldo entorna.* Silêncio. Durante toda a cena estou ao lado do meu corpo, medindo a veracidade dos meus atos. Como última homenagem ao realismo, chuto a porta.

Desço e conto para Mira minhas batidas, meu grito, meu chute, ela vibra e morre de rir, admirada. A atuação surte efeito: escutamos o piano, mas baixinho. No fundo, ainda incomoda, mas Mira e eu nos forçamos a dormir para não macular minha pequena vitória. Dormimos mal. No dia seguinte, Mira na editora, recebo a visita da síndica, que até pede desculpas, diz que entende como é difícil, mas me explica que a cantora fez um B.O. contra mim.

3.

Por outubro Mira zarpou para uma residência em Malmö. Um mês fora. Sem Mira, virei um jardineiro indolente.

Primeiro, caí num vício de *reacts*. Influência do Leo. Entre o filho que não dormia à noite e a terapia de casal, Leo tinha virado um escapista convicto.

Meu *reactor* preferido era Jamal Preston, um rapaz de Chicago de seus vinte e cinco anos. Jamal falsificava pouco. Conquistava pela discrição. *Reactor* e público se uniam num laço, um pequeno secto em que parasitávamos suas emoções. Nada então me comovia mais do que testemunhar a comoção de Jamal com uma canção que eu amava. Depois eu lia os comentários. Nos clássicos do rock, homens um pouco mais velhos do que eu seguiam sempre a mesma fórmula: *Um minuto atrás eu tinha a sua*

91

idade. Um minuto atrás eu estava em casa estudando para o vestibular e ouvia Floyd todas as noites. Um minuto atrás. Era um gênero: «*Um minuto atrás*».

Consumi todo o Jamal Preston, depois, de clique em clique, passei à MTV, cuja antena eu via da janela de Mira, à esquerda das torres da Igreja de Nossa Senhora de Fátima. Eu assistia a reprises dos meus programas prediletos, conferia os videoclipes mais pedidos de 1998. Nisso terminava apaixonado de novo por Marina Person, por Sabrina, por Fernanda Torres — Fernanda Torres aos 33, mais nova do que eu, em *Ela disse adeus*. Nessas madrugadas, de fones de ouvido, ignorando o carnaval no andar de cima, eu retrocedia, induzia um des-passado. O comprimido azul. Comentei essas coisas com Leo, e ele me encaminhou uma conferência do TED em que o palestrante pretendia ensinar como *nostalgizar* produtivamente. Tudo era uma questão de evitar comparações entre épocas, ele dizia, mas *se abrir para a epifania*. Nisso prescrevia episódios de nostalgia duas ou três vezes por semana, alertando para o risco de *nostalgizar em excesso*.

Foi numa dessas noites que cliquei em um vídeo do canal dos Getulinhos. O vídeo cobria uma passeata organizada pelo grupo no centro do Rio para comemorar o aniversário de Antônio Conselheiro. Se o Secto do Riso da Morte tinha estátuas da liberdade, o Getulinhos tinha Antônio Conselheiro. A edição do vídeo era exemplar. Segundo estimativa da PM, dois mil getulinhos marcharam pela Avenida Presidente Vargas. A cenas da passeata sobrepunha-se uma fala de Heitor Chaves, um dos cabeças do bando, que viajou ao Rio, acusando «as elites que odeiam o Brasil»: Canudos, ele dizia, é seu emblema. Entre os manifestantes, me surpreendo ao flagrar Vina, com quem cursei uma disciplina de imagem e som, três anos atrás. Ficamos amigos, vez por outra ele aparecia no estúdio, fumávamos um baseado, fazíamos uma *jam*, Leo, ele e eu. Mas a última visita fazia muito tempo. Volto o vídeo e pauso, para não ter dúvidas: é ele mesmo, Vina, branco pálido e raquítico, com seu enorme cabeção de alienígena, caminhando discretamente pela avenida. Confiro nos créditos: a edição é dele. Talvez estivesse ali a trabalho. Passo o resto da noite vasculhando o canal do Getulinhos. Quase dormindo, emendando vídeos, educo-me naquela filosofia e descubro que sou um cosmopolita nocivo, que meu repertório são fantasias estrangeiras e que vivo em São Paulo, mas poderia viver, sem traumas de transplante, em Nova York, Berlim — ou Malmö.

É uma noite longa, que prejudica a manhã seguinte, com o pastor. Lá pelas tantas tiro os fones de ouvido e me largo no sofá, ouvindo os acordes cheios do pianista tangendo a voz da lírica. *Amparo*, de Tom Jobim. Me emociono.

4.

Escrevi para Vina no dia seguinte. Passou uma semana, outra, e nada. Gravei com o pastor *O rino de Deus* e *A girafa que falava em línguas*. Quando já quase me esquecia do assunto, Vina me respondeu. Trocamos notícias, e, numa sexta à noite, fiz uma visita.

Vina morava agora no apartamento de um tio, não muito longe de Mira. Fui a pé, caminhada de meia hora. O porteiro me anunciou. O Vina que me recebeu era o Vina de sempre. Me abraçou, ofereceu uma cerveja. Nossa conversa voltou como se nosso último encontro tivesse sido ontem. Ele me apresentou uma faixa bônus do *Kind of Blue*, «On green dolphin street», e me fez ouvir várias vezes o intervalo entre 0:35s e 0:44s: «Águas de março», ele disse, rindo. Lá pelas tantas ligou o teclado e pegou a guitarra. Brincamos de música por uma hora, entre doses de cachaça. Ele comentou que o casal do apartamento ao lado tinha um filhinho que era um barato. E a mãe, Renata, era linda de morrer, fã também do *Kind of Blue*. Eu ri, disse para ele não destruir um lar, ele riu. Contou de uma noite em que quase se beijaram. O tempo todo eu quis perguntar que história era aquela dos Getulinhos, mas não consegui. Ele não tinha nada de Getulinhos, concluí que preferia me esconder seu outro Vina. Quando foi ao banheiro, fiquei olhando aquela sala atulhada de discos do Milton Nascimento, A cor do Som, vasos sem plantas e peças de artesanato. Perguntei sobre o artesanato, ele explicou que tudo naquele apartamento era do seu tio, que rodou muito pelo país, tinha vocação de andarilho, mas que acabou preso num emprego no Itaim. Quando fala do tio, ele se emociona, e acaba falando do pai. O pai de Vina morreu cedo. Era o oposto do irmão, nunca viajava, projetista numa empresa na Barra Funda. Paixão por xadrez, devorava livros de estratégia, participava de campeonatos amadores. Boa parte da relação de Vina com o pai na infância se deu negociando bispos e cavalos. Mas o pai morreu de infarto aos cinquenta e quatro, quando Vina tinha vinte e dois. Vina nunca mais abriu um tabuleiro de xadrez e se apegou ao tio, que pagou sua faculdade e adorava que o sobrinho estudasse música. Nos últimos cinco anos, o tio se separou da mulher, passou por uma cirurgia de quadril que limitou demais seus movimentos e não curou completamente suas dores, aos poucos foi se afastando de todos e se habituando ao álcool. *Apesar de todos aqueles livros e discos*, disse Vina, *meu tio não tinha vida interior forte*. Quando a barra pesou um pouco, desabou. Pensando hoje, foi o que Vina disse de mais estranho naquela noite, e mais pelo leve toque de fervor na fala do que pelo conteúdo em si. Pensei comigo que eu também não tinha uma vida interior forte, então não podia falar nada do tio do Vina. O artesanato é bonito, eu disse, toda uma coleção de miniaturas com os personagens do sertão nordestino aprisionados em pequenas garrafas de vidro: os cangaceiros, a banda de pífanos, Mateus e Catirina. Voltamos a tocar, nós dois já marinados na cachaça. Selecionei um *synth* e fiz acordes vagos para Vina solar, ele subiu um pouco o volume da guitarra, logo o porteiro interfonou, estávamos incomodando os vizinhos, e já passava de uma da manhã.

Foi a última vez que estive com o Vina. Voltei pra casa de Mira no banco de trás de um Uber malcheiroso. Abri a janela. No rádio, a estação repercutia um debate: um dos influenciadores do Secto dizia que eles eram os verdadeiros nacionalistas, ao passo que o Getulinhos era apenas «o mais novo disfarce do comunismo». Do outro lado, um Heitor Chaves relaxado e contente rebatia que o sectário da morte estava desesperado. Uma verdadeira energia nacional tinha despertado no Brasil. Por coincidência, o Uber dobrou na Heitor Penteado bem quando Heitor elencava seus correligionários: vocês, ele dizia, estão no bolso dos financistas, nós estamos no bolso de João, no colo de São Francisco, com Henrique Dias e o doce...

Minha cabeça começou a girar. Eu tinha bebido muito mais do que devia. Pedi ao motorista que mudasse de estação. *Tudo em você é fullgás*, ouvi Marina cantando. Relaxo no banco, seguimos pela Doutor Arnaldo, contornamos a pracinha da Sabesp, penso em Mira, do outro lado do mundo. *Você me abre os seus braços...*

5.

Mira chega de Malmö cheia de presentinhos, mas anuncia que ficará por São Paulo apenas algumas semanas, depois terá de passar vinte dias fora, da Feira de Frankfurt visitará a Islândia, duas colegas da editora vão, se ela não aproveitar aquela oportunidade, nunca conhecerá a Islândia. Começo a achar que Mira é uma cosmopolita nociva. Para piorar, naquelas duas semanas, trabalho como louco: o pastor quer antecipar a *Arca de Noé*, lançará o disco em um megaevento gospel em Goiânia. Pede que eu me agilize e diz que, trabalhando bem, ele me conseguirá mais dois cantores para o estúdio, artistas promissores da igreja, que pagam bem. Aproveita, ele me diz, daqui a pouco uma IA rouba seu emprego. Pior que é verdade, respondo, sorrindo amarelo, e me desdobro para fechar os arranjos da última faixa — a «Serpente arrependida». Peço ajuda a Leo, que aparece com dois buracos negros sob os olhos. Desconfio que anda nostalgizando em excesso.

Naquelas duas semanas só encontrei Mira à noite, mas era quase como no começo do nosso namoro. Retomamos a missão de assistir aos contos de Rohmer, vimos a primavera e o outono, faltavam o verão e o inverno, naquela noite era o verão. Mira deitou juntinho de mim, e fomos transportados para uma cidade à beira-mar na Bretanha. Era 1996, um jovem estudante de cinema se atrapalhava entre três amores, puro escapismo elegante, bem melhor do que reprises do Disk MTV. Lá pelas tantas, me virei e vi que Mira havia desfeito os três botões da camisola, linda como qualquer atriz de Rohmer, o cheiro de lavanda e baunilha me embriagou, afundei o rosto em sua barriga e perdi o fim do verão.

6.

Nos dias seguintes, Mira captou meu descontentamento, disse que não precisava ir à Islândia. Me senti ouvido, ou melhor: intuído, pois nunca disse nada. Mas fiquei feliz. Eu entendia os riscos de ressentimento, afinal estava empatando uma viagem à Islândia. Mas aceitei. Só que, dois dias antes da viagem para Frankfurt, que ela não podia cancelar, pois viajaria a trabalho, Andressa, amiga sua dos tempos de colégio, se suicidou. Mira era uma acumuladora social com dezenas de grupos de amigas, não encontrava Andressa havia mais de ano, mas as duas trocavam mensagens pelo celular. Mira ficou mal, foi ao enterro, contou que a amiga andou metida num relacionamento muito ruim com um tal de Carlos, um ator. *Carlos Statz?*, perguntei. Ela disse que sim, esse mesmo, eu disse que o conhecia, fiz trilha numa peça, Mira disse *São Paulo é um ovo*. Com a morte de Andressa, Mira precisou espairecer, a viagem à Islândia voltou à pauta e, no fim, quem sou eu para impedir uma viagem à Islândia? Mira zarpou, e eu fiquei só de novo.

7.

Num sábado, o pastor me envia uma foto do festival em Goiânia, eufórico: matinê, palco nababesco, multidões de pimpolhos cantando os temas que tínhamos inventado juntos na Vila Mariana. Na vida pelo celular só se falava que, no domingo, Getulinhos e Secto da Morte mediriam forças na Paulista, a Prefeitura queria impedir. Mira me trouxe um gorro de pescador da Islândia, foi dar um pulo na Barra do Sahy, voltava naquele sábado, mas não voltou. Leo pergunta se amanhã não quero ir à Paulista, ao que estão chamando de Civil, eu pergunto *para quê, Leo*, ele diz: *para ver se você sai dessa dor de cotovelo*. Era o que me faltava, conselhos de Leo. Escrevi para Vina durante a semana, mas não obtive resposta. No começo da noite entrei na lojinha de vinis da Alfonso Bovero, conferi as novidades, mas não comprei nada. Havia um restaurante de comida congolesa no piso de cima. Subi, pedi uma porção de sambusas de beringela, me deliciei com quiabos refogados na mwamba e me fartei de cosmopolitismo. Na saída, topei com Gabi. Falei de Mira, ela disse: *Sai dessa hoje, ontem, ano passado*. É o que decido fazer. Aquela seria minha última noite no apartamento de Mira.

Sozinho no apartamento, lembro que não rego as plantas faz duas semanas. A jiboia amarelou, na begônia maculata há pontos de necrose entre os salpicos brancos. Não rego. Em vez disso, passeio pelas estantes de Mira e abro livros como quem abre diários. Numa coletânea de lírica erótica grega, leio um poema de Íbico, que «endoideceu» — diz a minibio — «pelo amor aos meninos». O poema diz: *As folhas vicejam / nas ramas frondosas da vinha, / mas em mim o Desejo / não descansa em estação nenhuma.* Nesse exato momento, como se, ao ler o poema de Íbico, eu conjurasse sátiros, a cantora lírica invade o andar superior com um séquito desvairado. Hoje tem. Ela cruza a sala com pisões de marreta, escancara as janelas e grita: *Viva a Civil!* O alvo são os senhores no boteco da esquina, todos simpatizantes do Secto, embora alguns, pelas conversas que andei ouvindo, já andem balançados pela marra dos Getulinhos. Ao grito da lírica, o coro de atores responde em uníssono: *Viva!* O pianista ataca uma peça que não conheço — rápida, frenética, demente. A trupe começa a correr pelo apartamento como quem foge de bombas de gás lacrimogêneo, derruba cadeiras, empurra mesas, improvisa um palco. Mais gargalhadas de coxia. Perco qualquer esperança de uma última noite silenciosa no apartamento de Mira. O jardineiro, então, decide se embriagar. Vou à cozinha, resgato de uma prateleira o Juanito Andarillo e me sirvo uma dose boa. Súbito, o pianista estaca, mete uma marcha solene com acordes graves, primeiro pianíssimos, depois moderados, depois cada vez mais convencidos e grandiosos. Os atores param de correr, o piano segue em crescendo, crescendo, e no ponto máximo todos explodem juntos entoando uma circense, composta, devo supor, no mesmo bar onde andaram se embriagando até se transferirem para o piso de taco acima da minha cabeça: *Seremos todos felizes / É chegada a Grande Civil / Seremos também infelizes / Pária Amada, Brasil!* Repetem isso batendo pés de gigantes no chão, que, do meu ponto de vista, é meu teto, o teto de Mira. A alegria é contagiante, e a certa altura não resisto e corro também à janela, canto com eles: *Seremos todos felizes!* Quando ouvem minha voz, eles entendem tudo — e deliram. Até então eu era o antipático do andar de baixo — o mal-amado —, mas agora dobram o ânimo, meses de desafeto e guerra renhida evaporam-se, cantamos juntos: *Seremos também muito infelizes!* Juanito dança no copo com gelo. Pouco depois escuto outro coro: *So-be! So-be! So-be!* Não subo. Bêbados do inferno. Escuto o interfone tocar mil vezes: a cantora lírica ora ignora, ora responde: *Mas estamos em guerra, Josias!* O porteiro me surpreende e interfona para o apartamento de Mira: eu atendo, concordo que estão fora de controle, mas dessa vez ele estranha minha falta de indignação.

Digo apenas que todo mundo está meio louco, Josias, Josias admite que sim e desliga. A gritalhada continua, não há dúvida: o programa é a encenação da Civil, uma macumba dionisíaca pela vitória, sabe-se lá de quem, com direito ao que me parecem coitos ritualísticos, pois um dos atores grita: *Está decretada a fodelança!* Todos urram segundo um esquema de pergunta e resposta, coro e solista, a solista que não é a cantora lírica — esta, tendo voz de generala, cedeu humildemente o holofote da bacanal: é outra atriz cujos trinados me trazem do fundo da memória o colo descoberto de Maria Padilha, o colo de Maria Padilha apertado pelo espartilho, como a recordo em alguma novela das seis, a pele rosada e leitosa de Maria Padilha rindo e soluçando, as mamas macias e coradas, as coxas redondas que devo imaginar, no andar superior, no centro do círculo de atores, arreganhadíssimas, pronta para parir o mundo: Juanito uiva, zurra e relincha, eu me sento no sofá da sala e me junto ao coral de sátiros no cio, trôpego e sôfrego, arfo e estrafego, até que escuto violentas batidas na porta da cantora lírica e uma voz no corredor: o engenheiro do sétimo andar; com certeza estava no boteco com os simpatizantes do Secto e agora subiu para impor a lei e a ordem. Os atores respondem com uivos. A tudo que o engenheiro diz, outra saraivada de uivos, tão altos que excitam os cachorros do bairro. Eu uivo também, o engenheiro grita, os interfones tocam, até que vem: o estalo do baque atroz que assusta e cala todo mundo, exceto os cachorros. O engenheiro abriu fogo. Eu abro a porta no momento em que o elevador passa pelo meu andar. Subo os dois lances de escada com muito cuidado e chego tão logo a porta do elevador se abre e Josias, o porteiro, chega à cena: o engenheiro está caído com uma arma na mão. Ao que tudo indica teve um infarto, e, ao cair, a arma, engatilhada, disparou. Ou disparou a arma e infartou de emoção. A perícia dirá. Bala fumegante na parede. A cantora lírica abre a porta de mansinho, enfia a cabeça para fora e vê o corpo do engenheiro estendido no corredor. Olha para mim e Josias com uma expressão que diz: «Desta vez aprontamos uma boa». A síndica surda e ociosa que Mira e eu tantas vezes acionamos sem resposta finalmente dá as caras. A partir daí, são trâmites, mais nada. A ambulância, a polícia. Os senhores do Secto observando o companheiro patriota retirado do prédio na maca, vivo. O engenheiro não tinha porte, terá de responder à polícia quanto à arma. A noitada acabou.

Gasto o êxtase, voltamos todos para dentro dos apartamentos, e o pianista parece que se arrasta de volta ao piano, engata de novo o modo saguão de hotel e destila baixinho, pianíssimo, um standard americano que reconheço e cantarolo comigo mesmo: *Oh, how the ghost of you clings / these foolish things / remind me of you.*

8.

No domingo, sol pleno. Dormi a manhã inteira, acordei fora de órbita, mas comi torradas, lavei toda a louça acumulada na pia da cozinha desde sexta e me despedi do apartamento de Mira.

O Getulinhos tem sua metafísica, dizia Heitor Chaves, no vídeo em que cliquei tão logo me meti no vagão, no metrô Sumaré. O trem arrancou, os anônimos de Alex Flemming passaram por mim. Dentro do vagão, detectei alguma movimentação suspeita. Iam para a Civil, mas evitavam dar pinta. Só um rapaz de camisa do Anthrax não mentia. Aumentei o volume para que todos escutassem a entrevista de Heitor Chaves: *Toda civilização é totêmica*, ele dizia. Anthrax aguçou o ouvido. *O imperialismo é a propagação da morte.* Um senhor que parecia destinado a um longo turno dominical se levantou do assento ao meu lado e foi para a outra ponta do vagão. *Um bom católico é um bicho em extinção, como um bom juremeiro é um bicho em extinção.* Na estação das Clínicas, uma multidão invadiu o trem: sectários, getulinhos e paisanos. Falavam alto, riam. Anthrax se aproximou mais: *O Getulinhos* é o último corso, o último rancho, o reisado final. Eu quis desligar, conferir se Mira havia respondido ao longo áudio em que relatei o caso da lírica e do engenheiro, mas Anthrax agora se recurvava, quase enfiando o ouvido no meu aparelho. *Hoje o alvo é o Secto, mas não são nossos únicos inimigos.* Na parada seguinte, a lotação diminuiu, muita gente desceu saltitando, cantando, Anthrax inclusive. Eu não sabia se descia. A porta fechou, o trem seguiu. *Não podemos perder Isabel.* O melhor que faço, pensei, é seguir até a Chácara Klabin, saltar e caminhar até o meu apartamento, cuidar do meu jardim. *Onde pulsar uma dor, para lá seguiremos.* Por outro lado, pode ser que seja um domingo histórico, posso descer e assistir a tudo de longe. *Não ficará uma só dor solta no ar, sem abrigo em nosso peito.* Mas o que estão dizendo é que a PM vai espantar todo mundo na bala, e não sei se são de borracha. *Pois só de dizer Isabel, fico tonto e bêbado do mel que há nesse nome e quero dançar um maracatu pelo Brasil.* Vou mandar mensagem para Leo. *E quebro a espinha de holandeses, quando digo meu preto Henrique Dias, quando digo meu Zumbi.* Escrevi: Vamos à Civil? *Pois o povo brasileiro ama Zumbi e ama Isabel, e amará sempre a índia Iracema, e chorará sempre Moacir, o primeiro caboclinho.* Leo me respondeu na mesma hora: Gabi disse que se eu for à Paulista não preciso voltar. *Pois sem dor não há Carnaval, e sem Carnaval não há Brasil.* É melhor mesmo, *Avante que somos,* você ficar em casa, *e sempre seremos,* escrevi a Leo, *a última chance do Fogo.*

9.

Quando saltei na estação Brigadeiro, os alto-falantes anunciavam que em dez minutos os acessos ao metrô seriam fechados. Uma multidão corria para sair, esbarrando na multidão que corria para entrar, uma pororoca do caos.

O trem fechou a porta e partiu, eu olhei para as escadas e me arrependi de ter descido. Abri a *Folha* pelo celular: PM TENTA CONTER CONFLITOS NA PAULISTA. Adiantou-se. Ou me atrasei? Quando, entre apertos e empurrões, me vi fora do metrô, a cena era melancólica: fim de Carnaval, latas de cerveja no asfalto, cubos de gelo derretendo à boca de um isopor caído, uma moça de glitter que passava com o cabelo grudando-se ao rosto cheio de sangue. Caminhei um pouco mais e logo vi que quebravam vitrines, queimavam pneus, bandos corriam para dentro de um shopping, os seguranças não podiam fazer nada. O tempo todo havia por ali um maracatu invisível que eu não sabia de onde vinha. Procurei uma rua lateral, mas não encontrei, três rapagões alourados passaram correndo por mim e me derrubaram com ombradas. Quando me levantei, fugi de policiais a cavalo, escorreguei numa bandeira do Brasil de plástico, me enfiei entre pernas e quando voltei à tona avistei de longe, nas escadarias da Gazeta, Vina, imobilizado por dois sectários. Tentei correr em sua direção, mas uma teia humana me envolveu, fui brevemente incorporado àquela criatura viva que revolvia pesadamente; revolvi com ela, imerso em seus vapores, e quando me soltei avistei de novo Vina, a cara já bastante estropiada. Cortei pela esquerda, uma parede humana recuou acossada por escudos, cortei para a direita e vi um drone caindo na cabeça de uma senhora do Secto cheia de pulseiras e colares verde-amarelos. Quando finalmente encontro um vão e me aprumo para escapulir, acontece: correndo na direção contrária, passa por mim de relance Mira — Mira bronzeada da Barra do Sahy, Mira de mãos dadas com um rapaz igualzinho a mim, e mais um cortejo de amigas que ela nunca me apresentou. Gritei *Mira!*, ela não me escutou e se perdeu, colombina. Quando me voltei de novo para as escadarias da Gazeta já não vi o Vina; dei um, dois, três passos, um projétil me acertou em cheio, e tudo girou, brilhou intensamente e se apagou.

10.

Quando o projétil me acertou o nervo entre a sexta e a sétima vértebra torácica, tudo se apagou, mas logo em seguida abri os olhos e me vi pairando acima do meu próprio corpo. A enfermeira esotérica que me atendeu no Nove de Julho soprou no meu ouvido que o impacto do projétil desencadeou um choque bioelétrico e despertou a energia sagrada de *kundalini*. O médico apostava em um hematoma subdural. Tudo era possível, disse Leo, que foi ao meu encontro. Delírio subdural, experiência fora-do-corpo. Ou um modesto nirvana. Um nirvaninha.

À repórter que me procurou eu esclareci que não era membro do Secto, nem do Getulinhos. Que conhecia, sim, Vina, que éramos amigos, mas distantes. Que fui à Paulista como todo mundo — por turismo. A repórter não ficou contente, esperava que eu dissesse mais. Veio me ver duas vezes, não estava satisfeita com o texto que escreveu. Tentei ajudar, mas não contei tudo. Não contei, por exemplo, que vi o Vina estrangulado. Mira em fuga, arisca e ilesa como um gato. O cabeça Heitor Chaves arrastado para dentro do túnel. E coisas que me confundiram: Getúlio desolado, Princesa Isabel, Jamal. O pastor, o engenheiro e a sibila. O conferencista do TED repetindo aos gritos que *Tudo isso ainda será motivo de uma imensa nostalgia*.

Na porta do hospital, abro o celular, uma mensagem de Mira: *Precisamos conversar, Getulinho*. Não respondo. De volta ao meu apartamento, são as minhas plantas que estão mortas.

Agradecimentos

Os contos aqui apresentados passaram por sucessivas sessões de terapia estilística. Saíam do consultório se achando curados, mas cedo ou tarde eram obrigados a voltar, aceitando a dura realidade: não há fim para as neuroses textuais. Mas é preciso ir ao mundo.

Nessas idas e vindas, alguns bons leitores-terapeutas tiveram a imensa paciência de ouvir esses textos repetidas vezes, escutar a fala por trás das palavras, entrevendo melhor o desejo de cada um.

Entre esses leitores-terapeutas, agradeço a Rafael Cerqueira, Raul Cavalcante e Fábio Feldman, que nunca desaparecem quando anuncio por mensagem: «Escrevi um novo texto». Agradeço a leitura e o entusiasmo de Ruy Vasconcelos e Thomas Bussius. Agradeço a Pedro Fonseca, pela honra de ser publicado pela Âyiné. Agradeço a Maria Emília Bender, que um dia me disse sem meias-palavras para abandonar o gongorismo (não consegui de todo). Agradeço a Sofia Mariutti pela minúcia e visão de obra coesa, habilidades sem as quais esse livro seria uma miscelânea disforme. E agradeço a Julia Bussius, que me lê pacientemente há tantos anos, por sempre insistir que é preciso ir ao mundo.

Entre os contos deste livro, «O jardineiro», que um dia se quis romance, é o mais antigo. Sua primeira encarnação remonta aos anos pandêmicos. O mais recente é «Paraíso canibal».

	ARCO
1	**as palavras trocadas** **Laura Erber**
2	**John** **Julia de Souza**
3	**Nostalgias canibais** **Odorico Leal**

Dados Internacionais
de Catalogação na Publicação (CIP)
Câmara Brasileira do Livro, SP, Brasil

Leal, Odorico
    Nostalgias canibais / Odorico
Leal. -- 1. ed. -- Belo Horizonte, MG :
Editora Âyiné, 2024.

    ISBN 978-65-5998-141-0

    1. Contos brasileiros
    I. Título.

    24-196734
    CDD-B869.3

Índices para catálogo sistemático
    1. Contos : Literatura brasileira
    B869.3
Aline Graziele Benitez
    Bibliotecária CRB-1/3129

Nesta edição, respeitou-se
    o Novo Acordo Ortográfico
    da Língua Portuguesa.

Composto em Studio Pro, tipografia
desenhada por Alberto Moreu.
Belo Horizonte, 2024.